即使，這份戀情今晚就會從世界上消失

一条岬

林于楟——譯

目錄

不知情的他的，不認識的她 ◆ 007
開始邁步向前的兩人 ◆ 069
這個夏日總是僅此一回 ◆ 159
空白的白 ◆ 217
不知情的她的，不認識的他 ◆ 271
用心畫出你 ◆ 291
後記 ◆ 301

一個容貌漂亮，但於我而言應該不具任何意義的女孩對我說道——

「我可以和你交往，但是我有三個條件。

第一，放學之前我們都不能和彼此說話。

第二，聯絡的內容要盡量簡潔。

最後一個是，千萬不能真的喜歡上我。你能做到嗎？」

當時的我，有些事情還不甚明瞭。

最切身的問題好比執行假告白的正確方式，哲學一點的問題就像是關於死亡，詩情畫意一點的問題則是關於戀愛。

而現在，又多了一件我搞不太懂的事情。那關乎到我自己。

為什麼我會對不認識的她如此回答呢？——我對她說：「好。」

不知情的他的，不認識的她

1

我深信我不會給自己帶來任何驚訝地過完這一生。

我以為我不會做出讓自己產生「這一點也不像我」、「連我自己都無法置信」等訝異感想的行為。

就算考試分數和成績也是如此，我從不曾得到讓自己感到驚訝的成果或結果。

我不會錯看自己，也不需要重新審視自己。

但那天放學之後，我卻被自己嚇了一大跳。

新學年開學不久，班上幾個男同學開始找某特定男同學麻煩。

大概是為了洩憤吧，明明努力考進公立升學高中，卻在二年級分班時被丟到後段班的憤怒。我可以理解他們，但並沒有共鳴。

被當成洩憤目標的同學就坐在我前面。

雖然我從沒拒絕與同學交流，但在教室時，我大多時候都在看書，不怎麼積極與他人來往。

不過即便如此，眼前有個善良的人正在受苦，我卻無法視而不見。

『你們啊，做這種事情有什麼好處嗎？』

那一天，那群傢伙又在我面前做些無聊的事。我說完後，教室裡的空氣一瞬間凝滯住，帶頭欺負人的男同學轉過頭來對我咧嘴一笑。

那一瞬間，他們霸凌的目標忽然變成我了。啊啊，果然會變成這樣啊！我冷淡地想著。

只不過，事情發展到這裡都還無所謂就是了。

幼稚的找碴行為、對我說一些空穴來風的壞話與嘲笑，其實我根本不痛不癢。但大概是因為我根本不當一回事，他們覺得自討沒趣吧，便又把目標轉移到原本被欺負的那個同學身上。

那群傢伙這次轉為更加低調一些了，似乎還向他勒索金錢。

也因此，坐我前面的那位同學變得常常請假。

『你們別太過分啊。』我帶著平靜的憤怒對那群傢伙說道。『那麼，只要你聽從我們一個指令，我們就放過他。』那個帶頭的男同學如此回答我。

在我接受他們的提議時，其實已經作好某種程度的覺悟了。不過，那傢伙的指令竟然是『在今天之內，去向一班的日野真織告白』這種有點中二的內容。於是，就在那天放學之後，我在走廊上喊住了她。

接著我約她到那些傢伙指定的校舍後方，在他們的監視下執行指令。

我原本打算等事情過去之後再向她詳細解釋並且道歉。

「我可以和你交往，但是我有三個條件。」我壓根沒想到，她竟然會接受我的告白。而眼前的她，一邊豎起一根根手指，一邊對我說出她答應交往的前提條件。

我嚇到說不出話來，心想躲在一旁看好戲的那些傢伙也應該一樣很驚訝吧？

我對眼前的這個女孩不太熟。

就讀升學班一班的她，叫日野真織。

在許多男同學眼中，日野似乎是相當具有魅力的女孩。在這之前，我有好幾次在班上聽到過幾位同學談論她。

我重新打量著她。

她很漂亮，但還是個對我而言不具有任何意義的女孩。

如果我的回答是「我不能接受」，那她應該會說「那麼，就當沒這回事吧」，然後甩動她那頭黑色長髮離去吧？

那有什麼不好呢？這樣就一切圓滿結束了。

「好。」

我覺得那聽起來不像我的聲音。

認知到這一點後，我才生出「我為什麼會那樣回答啊？」的疑問。

我實在無法置信。

日野也發現了我其實不是認真的嗎？

但是她原本緊繃的表情突然放鬆下來，露出了滿臉笑容。

「嗯，那我們從明天開始就是男女朋友了，請多多指教囉！」

她就這樣轉過身，似乎表示事情已經說完，打算要離去。

我才這樣想著，她又轉過頭來微微一笑後，問了我問題。那是相當冷靜、自然，完全表現出她人品的笑容。

「話說回來，你叫什麼名字啊？可以再說一次嗎？」

「啊、啊啊……神谷，我叫神谷透。」

「我記住了，透同學是吧？我叫日野真織。明天放學後我們再繼續說吧。啊，對了對了，我們交往的條件，希望你能對其他人保密。那麼，再見囉！」

說完後她又再次露出微笑。但這一次她真的離開了，沒有再回頭。

躲在一旁想看我被甩的那些傢伙們，一臉無趣地走出來。

「你啊，真的是……到底是怎樣啦？」

想要嘲笑人的主謀者，朝我拋下這句話。

「我只是做了你要我做的事情而已。」

說完，現場便充斥著一觸即發的氣氛。

那傢伙瞪著我哼了一聲後，故意撞向我的手，不悅地與我擦肩離去。他的同伴們似乎還想說些什麼，但也只是追著他的背後離開。

目送那群傢伙走遠後，我再次把視線移往日野離開的方向。

從出生到現在，我從沒喜歡上同班的女同學。

我就是一般人所謂的戀姐情結，以為自己會邊和父親兩人一起生活，邊等待著視如母親般景仰的姐姐回家。

我相信那就是我的人生。

也因為家境關係，我已經決定不升學，畢業後就要直接就業了。

之所以會被分到現在的班級，大約也和這類畢業後的發展有關係吧。

雖然不是因為我要和大家走上不同的人生道路，但我升上高中後，也的確不曾注意過同年級女生，對剛剛那個女生日野真織也是一樣。

我是不是該追上去，向她說明清楚那是個假告白比較好呢？

但剛剛才清楚地回答「好」，接受了她提出的條件，現在也似乎有點難以啟齒。

她說明天放學後我們繼續再談。

或許可以等到那時候再解開誤會吧？相信到了那時，我的思緒應該會更清晰才是。

邊想著這種事情，我邊抬頭看向尚未染紅的天空，步上了歸途。

這就是我與她的邂逅。

2

早上，起床後的第一件事就是洗衣服。

我和父親兩個人一起住在公營住宅，家事主要由我負責。

兩個男人的換洗衣物，或許不需要每天洗。

但即使如此，在只剩下我和父親兩個人後，有些事情我還是想繼續遵守。

已經離開的姐姐常說，要重視衛生感。

就算貧窮，姐姐還是會把我和父親的手帕燙得平整，替我們準備沒有脫線、不會鬆垮的白淨衣物。

比起表面上的清潔感，更要重視扎根生活的衛生感。

這是姐姐常掛在嘴邊的話，但回想起來，或許是為了從貧酸手中保護一家人，她才會這樣說的吧。

當我晾好衣服，正在準備早餐與便當配菜時，父親起床了，出現在與廚房相連的客廳中。

「阿透早安。喔，今天早餐吃什麼？」

「爸，早安。在吃早餐前，你今天一定要去把鬍子刮乾淨。」

乍看之下，會覺得父親不怎麼整潔衛生，雖然把服裝儀容整理得很乾淨，但他的鬍碴讓一切功虧一簣。

他在附近的汽車工廠當作業員，不用上夜班的代價就是只領著微薄薪水。

母親在我小時候就過世了，我記得母親在世時，父親是個很有父親樣，也有雄心壯志的人，可現在已經不復當年。有很多親戚哀嘆著母親過世後，父親也變了個樣。

我和父親坐在餐桌旁雙手合十，一起享用冒著熱氣的早餐。我先吃完後，把準備好的菜餚放進兩人已裝好白飯的便當盒中，並收拾餐具。

拿起書包和便當盒，向父親說完再見，我也沒忘了要帶手帕才出門。

五月的天空很高、很藍。

就快要結束了，但我喜歡五月。

我想，大概是因為姐姐以前曾經騙我，告訴我假的「五月病」的意思。

櫻花凋謝，四月的繁忙時期過後，進入了讓人能輕鬆一下的季節，可以欣賞新葉過生活，大家都會變得稍微悠閒一點。

這就是五月病，多麼風雅的意境啊。

姐姐是個如草木般恬靜的人，但偶爾也會一臉認真地對我說謊。

我邊回想往事邊往車站前進，途中在公園的樹叢中發現了翠嫩的綠葉。感受到自然之美的同時，讓我很想把心留在原地。

五月病。多麼風雅啊。

「那個，打斷你這個有趣的話題真的很不好意思，但你不覺得從剛剛起，綿矢同學就一直在看著我們嗎？」

第二節課的下課時間，我和坐在前面的下川同學說起五月病的事情時，他突然這樣說道。

「你看看走廊。」在他的催促下，我轉過頭去，發現有個長相漂亮卻感覺難以親近的女孩站在那。那是日野的朋友綿矢。

她朝我們的教室內探看，班上有好幾個人都不可思議地看著她。

我沒和綿矢說過話，她和日野一樣，對我來說是個和我幾乎沒有交集的存在。她似乎相當聰明，淡然的表情也很美，私底下深受同學們好評。

昨天放學後，我在走廊上喊住日野時，綿矢就在她旁邊。

我說有事要邀日野到校舍後方時，她雖然沒有跟上來，但也一臉無法理解地看著我。

我把視線從綿矢身上拉回來，小聲地說了一句——

「我沒有跟你說，但我昨天放學後向一班的日野告白了。」

「什麼？真、真的嗎？那是怎麼一回事？」

還看著綿矢的下川同學，一臉驚訝地問我。

他今天正常出現在學校裡，不過他昨天請假了。

我在回答他之前，把視線轉向如班上山大王般的那群男生，而領頭的那傢伙發現我後，一臉無趣地別開眼。

今天早上，那群人沒有來找下川同學的麻煩，似乎是遵守了和我的約定。

再次看向走廊，這次我和綿矢對上眼了。

一頭短髮很適合她，但她一臉無法讓人看出她心裡在想什麼的端正容貌。

不過，我或許也沒資格說別人「看不出來心裡在想什麼」吧。

「那個。」

綿矢開口了。她和日野相當要好，或許她已經聽說昨天的事情了吧。

我不想過度引人注意，便在她喊我之前起身。

「下川同學，你可以等我一下嗎？我馬上回來。」

「咦？啊、啊啊，嗯。」

我朝綿矢走過去，接著直接走過她身邊。她詫異地轉過頭來看我，我用手指向走廊角落，她似乎明白了我的意思，也默默地跟著我走。

「不好意思，妳有什麼事？」

我走到沒人的地方才回過頭詢問綿矢。「你是，神谷對吧？」

綿矢語氣乾脆地確認我的名字，我點了點頭。

「妳是綿矢同學對吧？」

「叫我綿矢就好。這麼說來，我幾乎沒和你說過話，所以我剛剛找你也找了一下。」

綿矢說完後，重新用深感興趣的眼神打量著我。

雖然感覺很理所當然，但是現實這東西，是只要沒發生什麼事件就不可能出現什麼反應的。感受著凝滯的狀態一口氣展開行動，我有種用難以言喻的心情看著這一切的感覺。

「那麼，妳找我有什麼事？」

「啊，嗯，是關於日野真織的事情……她說你們交往了，是真的嗎？」

她這麼一問，我猶豫著不知道該怎麼回答。

明明已經預料到她會問這類問題，我卻找不到適當的回答。

「嗯，就是那樣吧。」

我總之還是先承認了，綿矢卻嚇了一大跳。

「原來是真的啊，為什麼這麼突然？你跟真織之前不認識吧？」

「人心又看不見。」

「也就是說，你對她是一見鍾情？」

「啊啊，嗯，大概就是那樣吧。」

我含糊地回應，綿矢則露出沉思的表情。

「沒頭沒腦地說這種話，應該會讓你感覺印象很差。」

「咦？什麼？」

「那個……如果你對真織不是認真的，只是被慫恿或者想玩玩才向她告白然後交往，那麼我希望你可以放過她。」

出乎意料之外的話讓我看著綿矢，她是已經掌握到什麼消息了嗎？

但我對日野告白的事情只有班上幾個男同學知情，這之中還交雜著等同於霸凌的問題，我想他們應該不可能在社群網站上鬧大或是散播消息。

「妳為什麼這麼想？」

我壓下心中疑問開口問道，綿矢稍微皺起了眉。

「嗯～～這個嘛，別人常常說我看起來很冷淡、對人愛理不理，實際上我也覺得自己是這樣。但是，真織對我來說很重要，我不希望她遇到不好的事情。我聽說你向她告白才來找你，但我總覺得，你似乎沒有那麼喜歡她。」

被戳中痛處，讓我一時不知道該如何回答，好不容易才擠出話來——

「妳怎麼可能知道這種事。」

「我就是知道，因為你和我很像，說話方式很冷淡。一般來說，要是有人問起你喜歡的人，照理應該會露出更多表情來吧？但你現在一點也不害羞，反而露出『超級無敵麻煩』的表情。」

我忍不住盯著綿矢看，我的臉上現在也露出什麼表情了嗎？

我是否該在此時對她承認那是個假告白呢？

『最後一個是，千萬不能真的喜歡上我。』

日野也馬上看穿我並非真心告白，以及背後有什麼理由了。

所以她才會在那裡答應我的告白，不過她或許沒有告訴綿矢自己提出的條件。

「總之，今天放學後我會和日野談一下，這件事可以之後再說嗎？」

在我四兩撥千斤地說完後，綿矢還是盯著我看。

我無從得知面色不改的她的心中，現在在思考什麼。

綿矢的眼神，一瞬間動搖了。

「對不起，我算是有自覺啦，第一次見面就對你說這種話，我很奇怪對吧？嗯，你看起來不像壞人，應該不會傷害真織吧。真的很對不起，我只是想要和你見面說說話而已。」

我露出拙劣的假笑。

「啊、啊啊，這樣啊，那麼，妳已經算是達成妳的目的了吧。」

「嗯，大致達成了。啊對了，如果真織有什麼事情讓你感到困擾，請不用客氣，儘管找我商量，你應該不介意和我交換聯絡方式吧？」

因為我還是使用掀蓋式手機，在交換了電子郵件信箱後，綿矢就離開了。

我想立刻去找日野說話，但忽然想起第一個條件「放學之前我們都不能和彼此說話」，便又走回教室。

坐回自己的座位上後，前面的下川同學相當好奇地問我——

「神谷同學，綿矢同學找你有什麼事啊？」

「沒，是什麼呢，似乎是有事又似乎是沒事。」

看見我不乾不脆地回答，下川同學低下頭——

「我該不會又給你添麻煩了吧？」

「才沒那種事呢，怎麼了啊？」

「因為……他們今天什麼也沒做。在我昨天請假的一天內，你身邊出現了很多變化。你說你對日野告白，該不會是你因為我而被他們強迫做了什麼吧。」

從下川同學悲痛的語調中，可以感受出他的單純。

下川同學的身材有點微胖，為此常常被捉弄，但他其實是個心地相當好的人。

但心地這東西看不見，沒同理心的人有時會瞧不起下川同學，把他當成出氣對象。找他麻煩這件事也是如此。

在我向找他麻煩的人提出抗議後，目標開始轉移到我身上。

身邊的人不敢跟我說話，但大概是出於擔心我，下川同學開始頻繁地找我說話。

其實不管是身邊空無一人，還是承受他們幼稚的騷擾，這些對我來說都不痛不癢。

明明這樣就好了，但在我對他們的攻擊視若無睹、一一閃躲後，他們又把目標轉回下川同學身上。而且他們這次更陰險，竟然在背地裡騷擾他。等我發現時已經太遲了，他們甚至開始向他勒索財物。

在下川同學請假時，我們為這件事差點打起來，接著做為霸凌主謀的那傢伙對我提議，結果發展成我去向日野告白。

雖然對日野感到很不好意思，但我原本希望她就當成被瘋狗咬到那樣隨便應付我就好，過幾天後我會再誠心誠意地向她道歉。

結果加上我那樣的回答後，現在事情發展成一個非常奇怪的狀況。

我要下川同學答應保守秘密後，在避談她提出的交往條件的前提下，把昨天發生的事情告訴了他。

下川同學一開始抿緊嘴唇聽我說，聽到一半轉為相當不可思議的表情，最後則是一臉驚訝。

「原來發生了那種事啊。」

「嗯，大概就是這樣，所以總之放學後我會先去和日野聊一聊。」

「這樣啊，謝謝你，你總是幫我那麼多。啊，但是……」

下川同學欲言又止，露出擔心的表情。

「怎麼了嗎？」

「沒有啦，那個……我只是在想，他們會那麼輕易就放棄嗎？我轉學後就不在了，但在那之後，他們會不會又找你麻煩？」

我衷心希望這不是他轉學的原因，因為下川同學由於父母的關係，突然決定要轉學到中國的學校去。

中國的暑假比日本還早，有些地方從六月中旬就開始放假了。

他說要配合暑假，因此需要提前過去把各種手續辦好。

「哎呀，到時再說囉，你不用想那麼多。比起這個，離你轉學還有兩週，你還是好好享受校園生活吧。」我如此回答後，下川同學還一臉若有所思，過了一會兒才點頭回答「嗯」，接著露出在學校裡好久不見的笑容。

那天一直到放學，那群傢伙都沒做出任何行為，度過了和平的一天。

但是，我和日野約好了放學後要見面。

她沒有指定要在哪邊聊，而且雖然我很猶豫，但告白時我曾對她說出自己的班級，因此我決定就待在班上等她。

放學前的班會時間結束後，我和下川同學互相道別。

雖然只是一起走到最近的車站，但因為我們兩人都沒參加社團，所以我放學後總是和他一起走。

儘管擔心讓下川同學自己回家，會不會又被那群傢伙勒索財物？但他母親今天似乎會來學校替他辦轉學手續。

下川同學說，他和母親會合並向導師打聲招呼後，母親就會開車回家。

我坐在窗邊座位環視教室，那群人早就不在教室內了。

我從書包裡拿出雜誌，坐在自己的位置上消磨時間。

接下來教室裡的人越變越少，我開始聽見遠處傳來管樂社吹奏樂器的聲音，還有運動社團正在做暖身操的聲音。

我不討厭這種介於孤獨與一體感之間的氛圍，被窗戶切出的方正藍天，將彷彿寂寥音樂般的東西帶進無人的教室中。

不知道就這樣過了多久，其他班級從走廊傳過來的聲音完全停止了。我的感官經過敞開的教室門，往走廊的方向延伸。

我聽到了誰的腳步聲。

不急促，卻也不太從容，是帶著些微緊張感但直直走向目的地的那種腳步聲。

腳步聲停止。我看向走廊，「她」就在那裡。

一瞬間，她像被什麼嚇到似地揚眉，接著才露出無邪笑容。

「發現我的男友先生了，你是神谷透同學對吧？」

那就是我昨天放學後告白的對象，日野真織本人。

「啊，對。」

我點頭回應她的確認，感覺日野深感興趣地看著我。

話說回來，她和我說話的態度還真是輕鬆，我可是相當緊張耶。就在我冒出這樣的感想時，她走進教室裡來。

「打擾了～～」

她毫不猶豫地走近我，在我前方的位置上側坐，一頭黑長髮在我面前擺動。

接著，她把椅子轉了個方向，面對我重新坐好。

一對上眼，她相當開心地朝我微笑。

「你沒有參加社團嗎？」

「咦？啊，就是這樣。那妳呢？」

在我尋找話題時，她先開口說話了。

日野將手肘撐在桌面上，把小小的下巴靠在掌心上。

她的唇結出笑容的形狀，我還是第一次看見如此開心地撐著下巴的人耶。

「我也沒參加，就是所謂的回家社。但是太好了，我之前沒有問你關於社團的事情，有點擔心你該不會是蹺社團了吧。」

在我的日常生活中，很少能有讓我露出笑容的事物。

我每天只是往返家裡、學校和超市，父親和我都不是愛笑的人。

和我們不同，表情豐富的日野此時放開了撐住下巴的手。

「還有，對不起，說了放學後再聊卻沒有決定會合地點。你留在教室真的讓我鬆了一口氣。那麼，為了我們接下來的交往，我有些事情想要問你。」

「嗯。那個……關於這件事啊。」

我不知該從何說起，閃躲著她的視線，眼角卻看見日野的臉稍微緊繃了起來。

「啊，我提出那麼奇怪的條件，你果然覺得不想交往了嗎？如果是這樣就沒有辦法了，真是太遺憾了。對不起喔，讓你配合這麼奇怪的事情。」

「不，不是那樣啦，雖然不是那樣。」我現在仍在迷惘著是不是該對她說明狀況，請她當我沒有向她告白過。

「那個，第二節下課時，綿矢來找我了。」就在我想掩飾內心糾結，如此說完後，日野回答我「嗯，我聽說了」。

「你在走廊上喊我的時候，小泉就和我在一起，所以昨天的事情我也對她說了。然後啊，她似乎對你產生了興趣。嗯……那個，對不起，雖然只對小泉說起，但你應該不喜歡自己被拿出來談論吧。」

日野的音調有些低落，露出相當抱歉的表情。

我沒想要讓她露出這種表情，頓時有點慌張。

「不，沒有關係。和朋友說起是很正常的，妳們的感情真好呢。」

「啊，嗯，你別看小泉那樣，她其實有點怪。在想著她還真是穩重時，她會突然說出奇怪的話，但我覺得那樣的她很有趣。而且她人超級好的，所以我什麼事情都會找她商量。」日野剛剛也提過，原來綿矢的全名是綿矢泉啊。

我想著這真是個全新的發現，接著回答——

「嗯，似乎能感覺得出來。然後，關於昨天的告白，其實……」

我作好覺悟後，詳細地說明了關於昨天告白的事情。我以為她會感到不開心，但她卻一點也不驚訝，最後還開心地笑了——

「什麼啊，原來是這樣啊，我還以為是什麼懲罰遊戲，原來是為了保護班上被欺負的同學，這樣超帥的耶！」

「我才沒有那麼厲害，只是，他是個願意和我這種人當朋友的好人。我不希望他遇到討厭的事情，悶悶不樂的。但再過不久，他就要轉學了。」

「這樣啊，轉學啊，那還真是可惜。」

「嗯，然後啊……我當下脫口回答『好』，但該怎麼說呢，我自己也不明白當時為什麼會那樣回答。」

在我字斟句酌地講話時，我發現日野一直盯著我瞧。

「透同學，你討厭和我交往嗎？」

除了父親以外，好久沒有人喊我的名字了。

但是很不可思議，只是被她這麼一喊，就讓我感覺到自己的名字閃閃發亮。

「或許……不這麼、討厭。」

「喂，什麼啦。」

聽見我不甚乾脆的回答，日野相當開心地笑了。

我想笑，卻擠出一個很失敗的表情，繼續思索著該怎麼說話。

「或許這樣說很失禮，但我覺得……或許有點有趣。有三個條件對吧？也就是說，我們不會以一般世間認知的情侶那樣交往對吧！這叫偽裝情侶嗎？妳的條件是我不可以真的喜歡上妳，而如果妳不討厭，這樣或許也不錯。」

當我終於把整理好的思緒說出口後，日野再次在我的桌上撐起下巴。

她仍是相當愉悅地揚起嘴角。

「那麼，這樣不就好了嗎？啊，但小泉會擔心，所以我們表面上不是偽裝情侶，而是正式交往喔。我也沒對小泉說我們有交往條件的事。」

就這樣，我們在那天作了一個詭異的約定。

我們決定以有條件的情侶身分開始交往。

3

「我回來了～～喔喔，好香的味道啊。」

傍晚，當我在家中廚房煮咖哩時聽見了開門聲，沒過多久，父親就走進廚房來。

「是週三固定的咖哩。啊啊，對了，爸，我有交往對象了，還是先跟你報告一下。」

「啊……？」

聽見我正經八百的報告，父親瞪大了眼睛。因為姐姐的提議，所以重要的事情要向家人報告是我們家的規定。

「交往對象……交往對象？是、是女生吧？」

「雖然我沒有否定同性戀，但是是女生喔。」

「不，不對，也沒有不對啦，哎呀，你也太突然了吧。」

父親說完後，沒先換掉衣服就在餐桌旁坐下了。

要他回家後就先把工作穿的衣服丟進洗衣機裡，只是不管說幾次他都改不掉。但因為支持我家經濟的人也是父親，所以我也不能太過強勢。

我帶著這種心情看著他，父親則感慨甚深地低語——

「這樣啊，阿透也到了這年齡了啊。」

「雖然這樣說，其實也沒什麼改變，就還是先報告一下而已。」

在談好交往的約定後，我和日野在放學後的教室裡聊了許多。

「那麼，事不宜遲，我可以問一些關於你的事情嗎？」

日野一問，我點點頭，她接著拿出手機當筆記本，真的開始問起各種事情。

「首先，你的生日是？」

「二月二十五日。」

「OK～～二月二十五日。咦？你和雷諾瓦同一天生日耶。」

「呃，我不太清楚，是這樣啊。」

「就是這樣。我可以問你有哪些家人嗎？」

「我和父親兩個人一起住。」

「原來如此。」

「為什麼妳一臉果不其然的表情啊？」

「因為你看起來有超乎年齡的能幹啊。」

「要說是能幹嗎？我也不清楚。國三時，我曾經把橡皮筋套在手腕上，就這樣去上學，結果那段時間我的綽號就變成『老媽』了。」

「喔，這種小故事不錯呢，國三時的綽號是『老媽』。」

「妳連那個也要記嗎？」

「要記喔。你的血型呢？」

「ＡＢ型。」

「啊～～很像。」

「什麼啊，什麼很像。那妳呢？」
「……AB型。」
「啊啊，很像。」
「喔，感覺被你嘲笑了。」
「我沒有嘲笑妳。妳還有其他問題嗎？」
「你有沒有尊敬的人呢？」
「……西川景子。」
「不好意思，請問她是哪位？」
「知道的人才知道的純文學作家。」
「你喜歡那個人的哪一點？」
「有衛生感。」
「衛生感？不是乾淨？」
「乾淨的感覺可以裝，但我覺得衛生感是裝不出來的。」
「透同學，你果然很有趣呢。」
日野又接著問了我各種問題，興趣，喜歡的藝人、電影、地點，喜歡狗還是喜歡貓，假日都做些什麼，還有喜歡的食物等等。
我偶爾也會回問，日野也幾乎都會回答。她似乎喜歡狗也喜歡公園，然後非常喜歡甜食，就是很普通的女生的感覺。

到了夕陽西下的時間，日野不知道在想什麼，對我如此提議道——

「那麼，讓我們做一些情侶之間會做的事情吧。」

日野口中情侶之間會做的事情，就是拿手機自拍合照。

在以橘紅為背景的教室中拍下的照片裡，日野很開心地比出ＹＡ，我則因為有點害羞，表情相當奇怪，是張很好笑的照片。

在我說我還是使用翻蓋手機後，彼此交換了聯絡方式，我請她把照片傳給我。她問我要不要設定成待機畫面，我立刻拒絕了。

我們都是搭電車上學的，所以之後就一起走到車站去。

日野相當開心地追逐著自己映在地上的影子。

從學校最近的車站到離家最近的車站，我和她都是搭同一條路線，我要搭三站，她則要搭四站。接著我們提到，今後放學後都盡量一起走。

搭車時間只有短短不到十分鐘，但兩人並排坐在一起聊天，卻讓我有說不上來的不自在感。

雖然沒對父親說得那麼詳細，但我邊吃晚餐邊簡單地說了女友的事情。因為日野要我保密，所以我沒有說出偽裝情侶的事情。

看著眼前吃完咖哩的空盤，父親閉上眼睛，「啊～～～」不明就裡地嘆了一口氣。才想著是怎麼回事，他突然朝客廳旁自己的房間走去。

我家並不寬敞，父親在我家努力挪出空間來的簡樸佛龕前坐下，對著已經去世的母親開始報告起什麼。

「阿透也交女朋友了耶，他完全沒說過什麼女生的事情，我還很擔心，但真是太好了。」

「拜託你可以不要對媽商量或是報告那種奇怪的事情嗎？」

「這才不奇怪，阿透交女朋友的事情，是個值得向媽媽報告的好消息啊。而且如果早苗還在，怎麼說呢……那個……」

明明是自己不小心說出口的，但一提及姐姐的事情，父親就突然退縮了。

我覺得那是因為他心中有愧疚。雖然沒有說出口，但我認為父親覺得是因為自己太沒有用，女兒才會離開。

「別說那種蠢話了，你偶爾吃完晚餐也幫忙收拾一下啦。」

「啊，啊啊，說得也是。好，走吧。」

晚餐後，我們各自度過。

整理好餐具，摺完衣服，將制服與手帕燙平後，父親洗完澡出來，我也趁著水還沒涼去洗澡。

姐姐絕對不是因為對父親感到厭煩而離家。在無話不說的我們家中，姐姐有件事只瞞著父親，而她離家的理由就與那件事有關。

洗完頭髮和身體，我在無法伸長腳卻讓我最習慣、最安心的我家浴缸裡，放鬆了力氣。

今天發生了許多事情，明天說不定也是如此。

我一直以為，我的人生絕對不會發生任何嚇自己一大跳的事。

但我昨天那個時候，卻同意了日野的提議。

嚇一大跳。沒想到我竟然能做到這種事情，我竟然能夠自己嚇到自己。

如果我向姐姐報告自己交女朋友了，她會有怎樣的反應呢？

對自己的想法苦笑起來，我又泡了一會兒澡才離開浴缸。在更衣室擦乾頭髮和身體後穿上四角褲，突然間，我看著倒映在鏡子上的自己。

有點瘦過頭，看起來很神經質的自己，就在那裡。

4

雖然有了女朋友，但我的日常生活也沒產生什麼劇烈變化。

隔天還是一如往常地去上學。

不過我突然發現，自己在電車上、上學路途中、鞋櫃區，會下意識尋找日野和綿矢的身影。

這種心情還真是新鮮，就因為自己的生活裡有新的成員加入了。

我在教室裡和下川同學聊天，知道他下週末就要搬家了。雖然我們認識不久，但與日野她們兩人相反，有人從自己的生活中要離開讓我感到有點不捨。

那明明也該是個習慣了的感慨啊。

「欸，我可以問你一件事嗎？」

下川同學總會找些問題或話題對我說，而他今天的煩惱相當平和，是關於他身上的贅肉。

「我果然還是再瘦一點比較好吧。」

順帶一提，這已經是他第三次提起這件事，我也一如往常地否定——

「不，下川你仔細想一想，身分低微的人可沒辦法養出贅肉。」

「但是啊，聽說在美國，胖子會被當成沒有辦法自我管理的人耶。」

「美國人所想的胖子和日本人所想的胖子似乎差很多喔，我覺得就美國人來看，你應該擠不進胖子的行列中。」

我說完後，下川同學看向自己的肚子。

「如果你想要減肥，我會替你加油，但我覺得你不需要勉強自己。」

「嗯～～」

「而且啊，如果不胖一點，有些話說起來就沒有說服力。」

「例如呢？」

「區區一公斤的肉，我靠著對妳的愛就能立刻消化，然後再來一份。」

「還真狂野耶。」

「妳會胖？哪裡胖？就我來說，妳可是位苗條的淑女呢。」

「是個狂野的紳士呢。」

「我不會說從搖籃到墳墓，但從開動到吃飽了，我會用我絕不留下剩飯的人生向妳發誓。」

「雖然搞不懂你在說什麼，但是真帥氣。原來如此，就當個狂野的胖子就好了啊。」

我絕對不是在拿下川同學來開玩笑。他一向有鑽牛角尖的傾向，然後會因此沮喪。為了預防這一點，我會盡量對他說些積極樂觀的話。

在那之後，下川同學維持著紳士的表情好一段時間。

試著尋找身為胖子才能說出口來打動女孩心的話，但在他發現自己和女生並沒有交流時，午餐時間他就在營養滿點的便當前，抬頭看向天空。

「神谷同學，我從你身上學到很多，但結果，人還是得要採取行動才行呢。」

「咦？為什麼突然說這個？」

我停下打開便當盒的手問道。今天早上的事情傷害到他了嗎？我有點擔心，但下川同學的表情很平靜。

「沒有，我只是發現有很多事情，在我快要轉學時才察覺到。你總是說些鼓舞我的話，這其實表示我非常幸運。我要是能自己行動，試著努力和女生建立好關係就好了。」

一邊說出遺憾，下川同學的口氣中也一邊帶著一種看開的感覺。

看著這樣的他，讓我露出了微笑。

「轉學之後，和許多女生建立好關係不就好了嗎？全新的環境也是個讓自己煥然一新的機會。」

「如果能那樣的話，我也介紹給你。啊啊，但是會被日野同學罵吧。」

下川同學並不知道我和日野其實只是偽裝情侶的關係。

我含糊地微笑著回應說得相當開心的下川同學。

放學後和昨天一樣，我在教室裡等待日野。

下川同學舉起手對我說「那麼，明天見囉」，之後便走出教室。

由於他的動作太過自然，我也跟著回應他「明天見」。

直到翻閱雜誌時我才突然想到。

下川同學今天只有一個人。我闔上了打開的雜誌。

擔心他會不會又被找麻煩，我連忙跑到鞋櫃那邊去。確認鞋櫃後，我看見了他的室內鞋，但沒看見鞋子。

看來似乎沒被帶去校舍內的廁所之類的地方。

但我還是很擔心，換上自己的鞋子後走出鞋櫃區，接著我看見下川同學緩步朝校門走去的背影。

我鬆了一口氣。沒有人和他勾肩搭背，似乎也沒有被誰帶往哪裡去的樣子。

在我就這樣站在鞋櫃區前時，背後有人開口喊我。

「你跑那麼快要做什麼？」

光聽聲音我就知道那是誰了。

我轉過頭去，那傢伙就在那裡。找下川同學麻煩的那群人的頭領，也就是那天要我向日野告白的男生。

「你就這麼擔心那個肥豬啊？」

「他是我的朋友，這也是當然的吧。」

我不耐地回應後，那傢伙有點瞧不起我地笑著說——

「朋友，啊。」

接著他緊盯著我看，告訴我今天午休時，他因為下川同學的事情被導師和生活輔導組的老師約談。那是我也不知道的事情。

「下川那傢伙，把我們勒索他時的聲音都錄下來了。」
「錄音……？下川同學嗎？」
「沒錯，應該是第二次還是第三次的。」
那傢伙彷彿與己無關的語調，帶著些許放棄的虛無。
「我根本沒想到既沒膽量也沒有行動力的下川竟然會告狀，真是太可笑了。生活輔導組那傢伙問下川為什麼現在才說出來，你知道他回答什麼嗎？他說他自己無所謂，但他擔心自己離開後，我們會不會勒索你或其他人，所以才下定決心說出來的。」
根據那傢伙所說，下川同學昨天和來學校辦理轉學手續的母親一起打完招呼後，便單獨留下來和導師還有生活輔導老師說這件事。
我嚇得說不出話來，我沒有想到下川同學竟然會想那麼遠。
「你做出那種事情，理所當然會變成這樣。為什麼，你為什麼要做那種事？你也是費盡千辛萬苦才考進這間學校的吧。」
我一問，眼前這傢伙卻笑了。
帶著，悲傷。
「是為什麼呢……我也不知道。明明對學業有點自信的啊，但不知從何時開始，就算偷懶不念書也覺得不痛不癢。原本以為是朋友的那些傢伙，也突然翻臉說是被我命令的。因為牽扯到金錢，老師要我在下川他爸爸出面報警前先道歉，雖然下川似乎說不需要，但老師也堅持要我還錢。」

那傢伙又在我面前笑了一次後，低語道——

「啊～～啊，為什麼我的人生會變得如此無趣呢？神谷，你說呢？」

我不知道該怎麼回答，只是盯著眼前的男孩瞧。

那傢伙哼笑一聲後，大步朝校門口走去。

他是打算去追下川同學嗎？他會不會自暴自棄、暴力相向呢？

雖然這樣想，但我立刻改變了想法，那傢伙應該也沒那麼愚蠢。

他原本是很努力，帶著希望進入這間學校的人。

只是現在，稍微搞錯活著的方法而已……

再回到教室時裡面已經空無一人了，下川同學理所當然地也不在。

坐回座位上，我從書包裡拿出很少用的手機。原本想要打電話給下川同學，但最後還是在按下通話鍵前放棄了。

下川同學也有自己的想法，在他主動開口前，我還是裝作不知情比較好。

我翻開雜誌呆呆地看著時，日野和昨天一樣突然出現了。

「啊，找到了，我的男友先生。」

我有種自己被這張尚未看慣的臉蛋給拯救了的感覺，有個會主動來見自己的女孩，還真是不可思議。

「我該怎麼回話才好啊？」

我苦笑著問道，日野稍微思索了一下——

「『嗨，我的甜心』之類的？」

「感覺連最近的外國電影也不常聽見這種台詞了耶。」

「嗯嗯，我的男友先生不太喜歡『我的甜心』這個稱呼。」

「妳連那個也要記啊？」

當日野拿起手機當作筆記時，從她身後傳來一個傻眼的聲音。

「真是的，你們都說這種不著邊際的東西啊？」

綿矢跟著露面了，用被甜到反胃的表情看著我們。我看過好幾次日野和綿矢同時出現的畫面，但這是第一次三個人一起這樣說話。

「綿矢今天也一起來了啊？」

「是啊，我有點在意你們兩個人的事。」

綿矢回話後踏進我們班的教室，朝我的座位走來。跟在她身後的日野，此刻又目不轉睛地盯著我看。

「怎麼了嗎？」

「咦？啊，嗯，沒什麼，沒什麼事，啊哈哈哈哈。」

「比起那個，現在可是有兩個美女來耶，你的表情可以再開心一點嗎？」

昨天和綿矢說過話後也知道，她雖然不太平易近人，但的確有著相當直爽的個性。

「有句話說，美人看三天也會習慣，妳沒聽過嗎？」

我輕鬆回應綿矢。大概沒想到我會這樣回答吧，綿矢感到佩服地「喔～～」了一聲，有趣地揚起嘴角。

「那應該是看膩才對吧？而且從我和你說話到今天為止也還沒三天，你和真織也是昨天才開始好好對話的吧？」

日野接下綿矢丟過來的話題，開朗地回應——

「是啊，我們昨天講了彼此的事情。」

「這樣啊，比如說什麼？」

接下來，日野大概顧慮到我是單親家庭，除了家庭成員以外，把我的事情全都告訴綿矢了。談話之間，我知道了綿矢的血型也是ＡＢ型。

「啊～～啊，奇怪的三個人聚在一起的感覺。」

綿矢有點開心地說著。

「但是小泉，不是有人說過，三個臭皮匠勝過一個諸葛亮嗎？」

「諸葛亮看到這三個人只會頭大吧，我都可以看見他苦笑了。」

從兩人輕快應答的模樣，可以窺見她們的好交情。

日野開心地說著每一句話，而綿矢則酷酷地回應。

「還有，透同學喜歡一位叫西川景子的作家。」

「什麼？」這句話讓綿矢臉上的表情染上驚色。

「西川景子？還真少見耶。話說回來，我剛剛一直很在意，你手上那本雜誌是《文藝界》吧？什麼，你是文藝青年嗎？」

接著我們聊起了我翻閱的這本雜誌。

《文藝界》是日本純文學代表性的雜誌之一，像那個知名的芥河賞，在這本雜誌上刊載的新人作品就會成為評選對象。

我喜歡的西川景子的作品也刊載在這本雜誌上，但我沒想到竟然有同年級同學會知道她和這本雜誌。

「沒有，也不是……什麼文藝青年。話說回來，妳為什麼會知道西川景子和這本雜誌啊？」

對不拿固定零用錢的我來說，巧妙地控制每個月的家用，然後拿省下來的錢去買雜誌或書，是我小小的樂趣。

但說起來，因為父親也會看這本雜誌，所以我們是一人出一半的錢。

我舉起雜誌一問，綿矢泰然自若地回答──

「啊，我非常喜歡看純文學。還有法國電影、日本電影，最近也很喜歡俄羅斯電影。那種大多數很無所謂、非常個人的、很陰鬱的東西。」

我沒想到同年紀裡也有這種人，讓我再次感到很驚訝。

另一方面，我的眼角看見日野又拿出手機寫筆記。

「日野，妳可別寫我是文藝青年啊。」

「不是嗎？我明白了，那我就寫『不喜歡人家叫他文藝青年的文藝青年』。」

「總覺得我好像是個很彆扭的傢伙耶。」

因為決定今天放學後三個人要一起過，為了換個地方，我們便先行離開學校。前往車站途中，我和綿矢並肩聊著書和作者的事情，背後卻傳來喀嚓聲響，我不禁轉過頭去。

「日野，妳為什麼要拍照啊？」

日野拿手機拍下我和綿矢的背影。我一追究，她露出像是被抓到正在惡作劇的小學生表情。

「神谷，你別說那種不解風情的話，拍男友的照片沒什麼特別的理由吧？」

綿矢如此說道。她不知道我和日野是偽裝情侶的關係。

「是這樣說沒錯啦，但我還不習慣。」

「給你三天習慣。」

「別強人所難，我連和兩位美女說話也還不習慣耶。」

接著我和綿矢彼此說著「你剛剛明明就說已經習慣了」、「不，還沒經過三天」，彷彿重現剛剛在教室裡的對話時，日野開口提議——

「那，為了快點習慣，讓我們加深彼此的友誼吧。要不要三個人一起去哪裡喝茶？」

「喔，喝茶？也是可以啦。」

接著我們開始談起要去哪裡，但兩人提議的家庭餐廳和咖啡廳對我來說負擔有點大，我手邊並沒有太多閒錢。

「我硬要跟來，剝奪了你們兩個人獨處的時間，就別客氣讓我請客吧。雖然學校禁止，但我有在打工，身上還有點錢。」

「不，不是啊綿矢，這種事情我總覺得好像不太好。」

「別客氣別客氣。」

在綿矢不容我拒絕的情況下，若有所思的日野開口說——

「啊，我或許有個好點子。反正時間也還早……」

我和綿矢一起轉過頭去，接著日野說出了我完全沒想過的事情。

「我們乾脆去透同學家如何？如此一來也不用花錢了啊。」

「什麼……？」

這愚蠢的回應，想當然耳是從我口中冒出來的。

5

「打擾了～～」

結果，我也接受了「只要不是兩個人獨處就沒差吧」的說法，邀請她們兩人到我家來。

而我家也只是沒有任何可以自豪、隨處可見的公營住宅中的一間。

「哇，透同學家整理得好乾淨喔。」

明明是這樣，日野卻相當新奇地到處看，還問我「可以拍照嗎？」

「呃，嗯，是可以啦。」

自從姐姐離開後，就沒有女生踏入這個家中。

已經看慣了的褪色景象，似乎染上些許色彩。

只不過，我還沒有什麼真實感，沒想到竟然會有這種發展。

總之，我先請她們在餐桌旁坐下，接著到廚房燒開水準備泡紅茶。我每週會喝三次紅茶，所以動作很熟練。

這段時間，日野和綿矢用女孩們特有的愉悅聲音聊天。

「話說回來，神谷家真的整理得很乾淨耶。你說你家這個時間沒人在家，你媽很愛乾淨嗎？」

「不，我好像還沒跟妳說過，但我家只有我和父親兩個人住。掃地之類的事跟我的興趣沒兩樣，嗯，算是會弄得乾乾淨淨的啦。」

在我邊計算茶葉悶泡時間邊自然回答後，日野相當驕傲地加上一句——

「沒錯，我的男友先生相當重視衛生感呢。」

「衛生感？不是清潔感？」

沒深入追問我是單親家庭的事情，綿矢反而開口問向日野。

「ＮＯ、ＮＯ，清潔感可以偽裝，但衛生感裝不出來。妳仔細看，透同學的襯衫衣領和袖子都很筆挺。還有還有，他每天都會洗手帕、燙手帕喔。連這種小細節都乾乾淨淨的是衛生感。」

「喔～～」綿矢發出像佩服又像無言的聲音。

「和你說話之前還不知道，你真是個奇怪的人耶。」

「我覺得就妳沒資格這樣說我。嗯，好了，紅茶泡好了。」

七嘴八舌之際，茶葉悶泡的時間到了。把溫熱紅茶杯的熱水倒掉，從陶瓷茶壺中倒出剛泡好的格雷仕女茶。

香柑特有的清爽柑橘氣味在廚房內擴散開來。

「請用，雖然只是粗茶。」

「不對，神谷啊，這可不是綠茶耶。」

「啊，對耶，紅茶不會這樣說呢。」

我先把兩人的紅茶端上桌，接著把裝滿特賣餅乾的白色大盤子和自己的杯子拿過去。姐姐的椅子還留著，所以有三張椅子，我也在餐桌邊坐下一起喝紅茶。

加了柑橘與檸檬的風味茶很順口，讓人心情平靜。

「哇，好好喝喔。透同學很會泡紅茶呢，而且味道好香。」

坐對面的日野喝了一口紅茶後，露出驚訝的反應。

「……真的耶，這什麼啊，咦？是哪裡的茶葉？」

這茶似乎也很合綿矢的口味，我內心鬆了一口氣。

下川同學也很喜歡，所以我算有自信，但聽到感想前還是很緊張。

「只是超市的便宜茶葉，但格雷仕女茶就算便宜也很好喝。不過今天茶葉躍動得不太好，大概七十七分吧。可以再來一杯，請別客氣。」

確認口味後，我走到廚房去拿裝滿紅茶的茶壺。

將茶壺套上塞滿棉花的茶壺保溫罩，放上餐桌。姐姐也有教我裁縫，保溫罩這種東西輕易就能做出來。

拿起白色簡樸的杯子再喝了一口茶，我發現她們兩人正看著我。

「咦？怎麼了？」

「我之前都沒有發現，總覺得神谷好像哪個沒落的貴族喔。尤其是莫名的優雅這點特別像。」

「別說什麼沒落啦，然後日野，妳別馬上又記筆記。」

那之後，我們三人天南地北隨意聊天，把茶壺和盤子都清空了。

接著兩人開始在我家探險，但我家也只是格局常見的兩房兩廳一廚房的公宅，也不能讓她們看父親的房間，所以也只有客廳和我的房間能看。

綿矢似乎對書很有興趣，相當專注地在看我房間的書櫃。

日野則在我房間到處拍照。哎呀，算了。

「日野為什麼那麼喜歡拍照啊？這種房間不值得一拍吧？」

「才沒那回事，其實這是我第一次進男生的房間，真有趣。」

當我和日野說話時，綿矢發出不知打哪來的大叔聲音。

「喔～～喔～～喔～～神谷同學啊，你的品味還真不錯，四處摻雜著二手書店會高價標售的珍稀本耶。這是打哪買來的啊？」

「那邊是把我父親從二手書店搜刮來的書隨便擺著。我父親把書買來後就隨手放，沒有辦法，我只好收到客廳或是我房間的書櫃上。」

兩人發出像佩服又像不佩服的聲音。

「透同學果然很能幹，有這麼多書，房間裡卻沒有灰塵。」

「嗯，衛生感很重要嘛。」

「啊～～又出現了，衛生感。」

「綿矢，拜託妳別說得像蟑螂出現一樣。」

接著，不知為何兩人說想看我燙衣物，我只好把衣服收進來，但事先偷偷把不能給她們看見的男人衣物藏起來，只燙手帕和襯衫給她們看。

綿矢說我的技術好到讓她倒退三尺，日野則是很開心地拍影片。

接近傍晚時分，我送她們到最近的車站去。

我想順便去採買晚餐，便拿起作為贈品用的環保袋跟兩人走出去。

「這、這個沒落貴族，你也太適合拿環保袋了吧。這個高中生到底怎麼一回事？」

綿矢拚命忍笑的愚蠢模樣，被日野從正面拍了下來。

多麼沒有真實感的一天啊。

晚上，當我準備好晚餐，坐在餐桌旁翻開課本預習時，聽見開門聲。

似乎是父親回家了。我想著他今天真晚回來，探頭一看，只見父親滿臉通紅。明明不太會喝酒，但他似乎去哪喝一杯了。

「爸，你要喝酒再回家也說一聲啊。」

「哎呀，對不起對不起，你交女朋友讓我很開心，不小心的啦。」

當我說了女友今天帶朋友到家裡玩後，父親睜大了眼睛。

「你讓她們進來了嗎？這種家裡？」

「我沒有讓她們看你的房間，又沒關係吧？」

「那還用說，但是，那個啊，總覺得……很香？」

「拜託你千萬別在外面說出這種奇怪的話。」

我邊嘆氣邊走進廚房，加熱料理準備自己的晚餐。

父親在餐桌旁坐下，直盯著我瞧。

「怎麼了？」

「總覺得你自顧自地長大了耶。」

我什麼也答不出來，只是從冰箱拿出常備的燉煮食物。

雖然我阻止了，但父親不聽勸，又在家裡開酒來喝。把我準備的晚餐配菜當成下酒菜配發泡酒，但還沒喝完一半，父親就醉倒了。

「真是的，連澡都還沒洗耶。」

沒有辦法，我只好把毛巾溫熱後，叫醒父親要他擦澡。

趁這時候，我走進他房間替他鋪床。以前我放著他不管，結果他在沙發上睡著，隔天起床還弄傷了身體。

我蹲在父親房間裡整理床鋪時，一家之主正搖搖晃晃地走進來。

「你還好嗎？你又不會喝酒，別喝那麼多啊。喂，要換衣服再睡。」

「沒事沒事，早苗妳別擔心，我沒事。」

這句話讓我瞬間停止了動作，但父親並沒有發現我的異狀，換上睡衣後就在鋪好的床鋪上倒下，立刻睡著了。

走出房間拉上拉門時，我又看向父親。

大概是醉得厲害，父親把我和姐姐搞錯了。

6

『嗯，該說我和神谷的感覺差不多嗎？我家也是那樣，就輕鬆點來玩吧。』

因為位置在我的定期票乘車範圍內，因此隔天放學後決定到綿矢家去玩。

白天的學校相當平和，下川同學也有來上學，悠閒度過一天，而那傢伙其實被原本的團體排擠孤立。他似乎在看打工徵人雜誌，但我沒找他說話。

放學後和日野、綿矢會合後，我們三人一起去綿矢家。綿矢也是搭電車上學，但她家比我家和日野家離學校近，往同一個方向搭乘兩站後下車。

綿矢住在一間出租公寓，大樓入口有全自動門鎖。對全自動門鎖有憧憬的我，這個很高級的入口讓我看得入迷了。

「日野，妳又要拍影片啊？」

日野滿臉笑容地拿起手機對著我。

「我想要把男友先生驚訝的樣子拍成影片收藏。」

「只是一臉蠢樣吧？別浪費有限的容量。」

「沒關係沒關係。」

「喂～～你們幹嘛打情罵俏？快一點進來啊。」

在先走一步的綿矢催促下，我們走到電梯前。

綿矢和母親兩個人一起住。

她母親似乎是主要負責書籍等裝幀的設計師，晚上會在家裡工作，白天因為事情很多，常常不在家。

綿矢也常常幫母親工作，好比找資料、製作文件、管理購物明細等等的，她把這個當作打工。她母親因為一點原因，正和父親分居中。

一個男生造訪只有女生住的房子，老實說有點緊張。

「哎呀，就先坐下吧。」

她帶我們到比我家還寬敞，很有開放感的客廳。因為母親是設計師，房子裡四處裝飾著畫作，也感覺對每個家具和小物品相當講究。

從十樓建築頂樓看見的天空好高，還有晾曬的衣物……

「綿矢，對不起，我一瞬間似乎看到什麼了。」

「嗯？啊～～那個啊，別擔心別擔心，我一點也不在意。啊，對不起，你會在意對吧？」

雖然有這個小狀況，但我和日野就面對面坐在客廳的椅子上，等綿矢泡紅茶過來。

我突然發現，日野今天也目不轉睛地盯著我看。

「日野，怎麼啦？」

「沒落貴族。」

「把那個忘掉。」

「對不起對不起，但我覺得這個詞真的好貼切。」

日野或許是在誇獎我吧，但我無法真心感到喜悅。大概是我的心思都表現在臉上，日野這樣說道——

「別那個表情，再多笑一點啊。」

「我沒想做出什麼奇怪的表情耶。」

雖然這樣說，但我現在的表情肯定很奇怪。

與我相反的是，日野今天也開朗地笑著。

「日野總是滿臉笑容耶。」

我順口說出感想後，日野稍微挑眉回答——

「啊，嗯，算是啦。其實也不是總是，但我想著能笑的時候就要盡量笑。人類啊，笑不出來的時候真的怎樣都笑不出來……」

我沒想到會聽到這種回答，忍不住盯著日野看。

日野發現我大感意外的視線，立刻開始辯解——

「啊，沒事，那不是實際的經驗，只是我從漫畫上看到的啦。」

「是這樣嗎？」

我訝異地直視日野，只見她擺出明顯的假笑點頭道「沒錯沒錯」。

「嗯，如果是那樣就好了，但是，該怎麼說呢？」

我為了不讓不知情的綿矢聽見，把身體朝日野靠近，小聲地說——

「雖然我們只是偽裝情侶，但如果妳有煩惱，別客氣，儘管對我說。」

「咦……？啊，嗯。」

我近距離看見日野驚訝的表情。

接著在此時，綿矢喊著「來了來～～了」，拿著托盤擠進我們兩人之間。

「你們兩個，如果要打情罵俏，請在我看不見的地方啊。」

日野用著她一如往常的玩笑態度回應綿矢——

「但是啊小泉，這樣可能就會聽到聲音耶。」

「哇塞，妳竟然回了大人的玩笑話，這是有男友的人才有的從容啊，妳這傢伙。」

把放紅茶的托盤擺上桌後，綿矢開始對日野搔癢。日野努力抵抗，但到最後還是癢得不住喊叫。

我邊看著她們兩人的樣子，邊思考剛剛日野的發言。

『人類啊，笑不出來的時候真的怎樣都笑不出來。』

雖然她說在講漫畫的事，但我總覺得她的話中帶有真實感，那是我的錯覺嗎？

邊思考著這種事，又重新盯著和綿矢玩鬧的日野看。

人心看不見，無法窺探。日野天真、愉快地笑著。

7

歲月無聲流逝，和日野交往已經過了一週。

雖然這樣說，也只有放學後的時間出現改變，日常生活則沒有太大的變化。

真的……是這樣嗎？

最近這陣子，當我發現時，我老是想著日野。

想起她開心撐著下巴的模樣，生命彷彿延伸到美麗秀髮髮梢。夕陽照射下，她的頭髮一瞬間閃閃發亮。

我只是單純被日野的容貌吸引嗎？但我至今和女生幾乎沒有交集，會不會只是因為這樣誤會了而已呢？

但是，我總覺得不只這樣。

我很在意她那句話。我想知道總是滿臉笑容的日野，背後到底隱瞞著什麼。可以的話，我希望能幫上她。

「神谷同學，我總覺得你最近心不在焉耶。」

這個想法似乎在日常中不經意的瞬間，奪走我的心。

中午休息時間，當我和下川同學聊天時，他突然這樣說道。

「咦？有嗎？應該沒有吧。」

我敷衍一笑，下川同學露出了溫和的表情。

「對了對了，之前也稍微問了你一下，我現在到處訂購蒐集用日文書寫的書，畢竟出國之後就不容易買到日文書嘛。」

雖然對他轉換話題感到有點困惑，但我也想起了這件事。

「啊，你提過。怎樣？有找到什麼有趣的書嗎？」

「嗯，找到了不少，最有趣的應該是格言集吧。雖然也可以在網路上查到，但我覺得書比較能像這個身體一樣，牢牢成為自己的一部分。」

下川同學邊說邊拍自己的肚子。他大概是為了讓我笑出來才提這件事的吧，而我也如他計畫地被他惹笑了。

「你可以成為一個行動格言者呢。」
「人人都能步行，但持續邁出下一步往往相當困難。」
「我沒聽過這句格言，誰說的？」
「只是個大食怪，下川的格言。生平略過。他生前沒什麼特別事蹟。」
被他反將一軍，我不禁笑出來，開始單純享受兩人的對話。當我說了知性男子似乎在國外很受歡迎後，下川同學顯得相當開心。
「然後啊，你知不知道有句格言是什麼和咳嗽一樣，患上就藏不住之類的？」
「咦……？」
他說出這句話後，讓我稍微一慌。我家也有格言集的書，我也讀過，他說的這句話就被分類在與「戀愛」相關的項目內。
戀愛和咳嗽一樣，患上就藏不住。
「『噴嚏和咳嗽一樣，患上就藏不住』之類的？」
我裝傻說完後，下川同學回答「說對了」後，對我微微一笑。
就像這樣，我在學校一如往常地與下川同學聊天，放學後和日野共度。
我不習慣也不擅長傳電子郵件，所以沒辦法頻繁和日野聯絡。我向她道歉後，她要我別在意，還說「剛好遵守了第二個條件啊」。
取而代之的是，我們很常在放學後的教室裡聊天。

「那你每天都會煮菜啊？那絕對比我還厲害。」

「我也不知道好不好吃，嗯，但算是還過得去。」

「男友先生的口頭禪，『嗯，算是還過得去』。」

「妳又拿手機做筆記啊？而且我沒有那種口頭禪。」

去綿矢家那天之後，我和日野沒聊過更嚴肅的話題。如果我強硬一點，或許能帶出這個話題，但我想盡量避免這樣做。

我們既是情侶，也不是情侶。

我們有「絕對不可以認真喜歡上對方」的條件。

我當初認為這完全沒問題，因為追根究柢，造成她困擾的人是我。雖然我不知道她在想什麼，但我對偽裝情侶這件事沒有任何不滿。

但到底是形式造就了事實，還是這種事實根本不存在？我對於和日野交往之後逐漸改變的自己，感到相當困惑。

迎接和日野一起共度放學後時光的第二個週五。

明天是週六，放假日。

「日野，關於假日啊，也進入六月了，我們要不要去哪裡走走？」

「真的很嚇人，不知不覺已經六月了呢。」

那時，日野的表情染上淡淡陰霾。

才這樣想，她又露出一如既往的笑容問我——

「對不起對不起，然後說到假日對吧？順帶一提，透同學這週有預定要做什麼事嗎？」

「有，我的朋友下川週日要搬家，我要去送他。」

我以前對日野說過下川同學的事。

其實我是想要介紹他們兩人認識，但下川同學拒絕了。一問理由，他表示朋友變多只會讓離別變得更加痛苦。

『你現在好好珍惜和日野同學共度的時光，我已經很滿足了。』

如此溫和微笑說話的他，是我少數的重要朋友。

雖然到國外去，但轉學也不是永別。不管用什麼方法，現在都能維持聯繫，我們今後肯定還能是很要好的朋友。

雖然對和下川同學分離感到不捨，但我現在要專心地與日野對話。

「不過我週六整天有空，如何，要不要去哪裡？」

大概是沒想到我會如此提議，日野「喔」了一聲。

「也就是說……這就是所謂的約會囉？」

「嗯，就是這樣。如果妳不想去也沒關係，我只是在想妳週末不知道有沒有事，像妳上週不就有事嗎？」

「啊啊，嗯，有事去醫院，但也不是什麼大事啦。」

日野一度別開了視線。如果是以前，我可能會忽略這點。

「但是約會啊，真不錯，感覺很有趣，請務必拜託了。但是可能要中午過後耶，可以嗎？」

由於注意力被日野的反應拉走，我晚了一點才回話。

「咦？啊，啊啊，沒問題。話說回來，妳連假日的上午都有固定要做的事嗎？第一個條件也是放學前不可以和彼此說話。」

我問出一直相當在意的事情後，日野回答得有點遲疑。

「女生有很多事情要做啦。然後呢，要怎麼辦？要去哪嗎？你平常假日都是看書或做家事對吧？」

這樣聽她向我確認，還真是無聊的假日生活呢。

「嗯，是啊，大概都是這種感覺。」

「還有，盡量不要花錢比較好對吧？」

「很不好意思，但就是如此沒錯。」

我一低頭道歉，日野慌慌張張地繼續說——

「別在意，那麼，我們假日到公園度過如何呢？如果可以，請你做便當來，然後我之後請你去咖啡廳吃甜點。這樣對你來說也比較沒有負擔吧？」

很感謝她如此提議，這對我的經濟和心理都幫了大忙。

「好，妳有想吃什麼便當嗎？」

「我不太挑食，儘管放馬過來。啊，但我想要喝那個紅茶。」

「了解，儘管放馬是吧？我先前就覺得，妳的遣詞用字偶爾會讓人覺得搞不太懂耶。」

那天我們也在教室聊天到接近黃昏，才兩人一起回家。

8

期待的週六來臨了。

一大早做完家事後，我開始準備便當。

雖然很猶豫要做什麼，最後還是決定做適合搭配紅茶的三明治。

把雞肉沾上太白粉後用平底鍋煎熟，做出低熱量的偽炸雞塊。

也需要沙拉。水果和紅茶也很搭，就簡單準備一下吧。

父親一大早就悶在自己房裡，當我把多泡的紅茶端去給他時，他正在用我們家唯一一台筆電寫文章。

「你又在寫小說了嗎？」

「是啊，《文藝界》新人獎就快要截稿了。喔，是什麼？味道真香。」

坐在和室椅上的父親轉過頭來，我把紅茶杯遞給他。

寫小說是父親的興趣，也是他的樂趣，或許更可以說是他人生的全部。聽說他從我出生前就在寫，但還沒拿過獎。

這樣的父親，夢想能成為小說家，靠寫小說過活。他也拿這個理由對家事視若無睹，但我還是沒辦法對他說出重話。

「我今天要稍微出門約會，午餐時間不在家。我把多做的三明治冰在冰箱裡，你中午可以吃那個喔。」

「喔喔，你幫了大忙了。約會啊？好，你等等。」

父親說完後站起身，找出錢包打開，皺起眉頭後又翻找衣櫃，從信封中抽出紙鈔。

「拿去，只是一點零用錢。雖然你堅持不拿每個月的零用錢，但高中生只拿家用省下來的錢也有極限吧？」

「不用啦，我可以拿餐費買紅茶或自己喜歡的東西，你幫我買了定期票還讓我有手機就已經讓我很感激了。」

「因為我阻止你騎自行車上學，買定期票給你是當然的。至於手機也是用超低月租方案。別多說了，快拿去。」

我盯著父親遞出來的萬圓大鈔看。

金錢有力量。讓人獲得幸福的力量。

吃美食能讓人露出笑容，生活中使用喜歡的東西，也能從中獲得微小的喜悅與日常活力。

但正因為如此，才需要謹慎使用。

「那就請讓我用一半。剩下的一半，我們今天吃點好吃的東西吧。吃你喜歡的壽喜燒如何呢？現在這個季節雖然沒有白菜，但可以買好肉。」

「別說只用一半啦，但這就是你的底線了吧。那麼，剩下的一半就今天拿來吃大餐吧。」

父親說完後再次遞出紙鈔，彷彿表示要我快點收下。

「謝謝，那請你期待今天的晚餐吧。」

「你也要玩得開心點啊。」

我收下紙鈔，再次向父親道謝後走出房間。回到自己房間後，我把錢收進從國中用到現在的錢包裡。

把家裡的瑣碎雜事做完後，我從壁櫥中翻出姐姐愛用的野餐籃。

那是用竹籐編織，很堅固的淡黃色野餐籃。我把便當和水壺放進去。

雖然有點早，但我決定十一點出門。從我家步行十五分鐘左右會有個大型綜合公園，這個公園的櫻花大道相當有名，春天會有許多遊客到訪。

我和日野約好十二點在噴水池前碰面。

原本想騎自行車去，但突然想吹吹風，便決定步行前往。

結果，我比約定時間還要早半小時抵達公園。

公園有人但不擁擠，我在能看見噴水池的長椅上坐下，從野餐籃中拿出書來。

從小到大，我很喜歡假日時到戶外看書。

我大概是個有點怪的小孩，只是這樣就讓我莫名興奮，就算身邊四處是攜家帶眷的人，我也不覺得自己特別孤單。

而且因為我明白。

我會太過專心看書，一直看到天色幾乎全黑。等驚覺周遭變暗抬起頭，在我感到不安時，絕對會有人找到我。

『你果然在這裡。』

背對摻雜深紫的橘紅天空，有個人朝我走近。

姐姐會這樣……

「那個，是透同學吧？」

聽見喊我的聲音，我從書本中抬起頭，只見日野有點緊張地站在我面前。

我看向公園的大時鐘確認時間，離我到達之後已經過了三十分鐘了。

「啊，嗯。」

「太好了，對不起，我還沒看慣你穿便服的樣子，所以有點沒自信可以認出你。」

「不，妳別在意。我才要說對不起，沒有發現妳來了。」

到此時，我才發現日野不同於平時的打扮。

她身穿白色襯衫，以及材質看起來相當柔軟的綠色長裙。

這麼說來，我也是第一次看見日野的便服裝扮。

在我的視線被日野奪走時，她發現了我身邊的東西。

「那是便當嗎？哇，這麼正式的野餐籃，我還是第一次見到。」

「這個嗎？我姐姐以前在義賣會還是什麼地方便宜買到的。」

「姐姐？咦？對不起，你有說過這個嗎？我記得你應該是和父親兩個人一起住……」

「啊，嗯，現在是和我父親兩個人住，但我姐姐不久前也一起住，不是因為過世了那類的啦……」

在我不知該如何回答時，日野像是察覺了什麼，開朗地回我「這樣啊」。

「我肚子餓了，要在哪邊吃便當？啊，讓你等到中午的人是我就是了。」

日野說完後，露出燦爛的笑容。

燦爛光芒照射下會出現清楚的陰影，人類偶爾會被那個陰影困住，如同失去家人的人看見幸福家庭一般。

只不過，日野散發出來的光芒，沒讓我感到絲毫寂寞。

世界上所有悲劇中的一部分，追根究柢，或許不過只是存在於自己的內心。

被日野影響，我也跟著微笑站起身。

接著，我們成為假日公園風景的一部分。

草地廣場上的樹蔭下恰巧有一處空位，坐在那邊也不需要在意陽光直射。我鋪好野餐布，看著遠方正享受午間時光的家庭，把便當擺開。

吃飯前，日野又拿出手機拍照。

「呼～～好好吃，透同學真厲害，你這麼會做菜啊。」

邊開心聊天邊吃飯，時間一眨眼就過去了。

只是用便宜材料做出來的料理，能合她的口味真是太好了。

「其實我只是用家裡有的材料隨便做的，真的沒什麼特別的。」

「但很好吃，你可以當個好老公呢。」

「妳也是……啊～～不好說耶。」

「為什麼不肯定到最後啦。」

我苦笑，吸進一口新鮮空氣，仰頭看著天空。

我覺得自己彷彿童話世界中的居民，以奇妙的緣分與身邊的人連結。我們兩人絕非互相喜歡的關係。

即使如此，有個可以一起共度假日的人令人感激，也很開心。

我們又隨意聊著，歡笑、佩服或是呆呆眺望景色，最後彼此沉默。但至少對我來說，這個沉默絲毫不令人感到拘束。

「真不可思議。」

我轉頭看著低語的日野，發現我轉過頭的她，露出軟軟的笑容。

「怎麼了嗎？」

「沒有，只是不可思議，總覺得真的很不可思議，心情一點也不急躁、不痛苦。就算不說話也完全不覺得無聊或不自在，甚至覺得我們已經這樣靜靜地累積了許多時光。」

感覺日野無法目視、無從感受的哪裡，有什麼在顫動著。

一瞬間，我感到很幸福。

如果兩人之間真的有一點累積起來的東西，我會覺得很開心。

閉上眼睛，這讓我的感官稍微擴張了一點，我很享受這種感覺。

太陽的溫暖、青草的氣味，甚至可以感覺到身邊人的呼吸。

強風吹來，我睜開眼，身邊的她壓著自己的長髮。

在這短短的時間中，我想要說些什麼。

因為我發現，自己沒有辦法談一場偽裝的戀愛。

「我可以喜歡上妳嗎？」

當我問出口時，風已經停止。
在我還沒說完前就結束了，我在這個瞬間如此想著。
喜歡，這樣啊，原來是這樣。說出口才有真實感，我喜歡妳……
日野花上很長一段時間，才慢慢轉過頭來看我。
「不可以。」
她說。
「為什麼？」
我問。
日野身上彷彿纏繞著迷惘，低下了頭。
「我啊……」
風又吹來，擄走日野的長髮。

「生病了，順向失憶症。
「晚上一睡覺就會忘掉，忘記一天中發生的所有事情。」
她的聲音是被風吹散了嗎？好像花了不少時間才傳進我的耳中。

開始邁步向前的兩人

1

今天，也隨著我的手機鈴聲揭開序幕。

當我被遠處傳來的鈴聲喚醒時，我首先感到不解。

咦？為什麼手機會響？

我討厭被鬧鐘或手機鈴聲吵醒，所以我睡覺時不會拉上窗簾，希望早上能在陽光照射下自然醒來。但是，我的手機鬧鈴功能卻啟動了。

而且，應該擺在我枕邊的手機換了位置，跑到和床鋪完全相反的地方，就放在櫃子上。

我走下床，拖著腳步前行。為什麼呢？今天似乎有點溫暖，而且現在是幾點啊？我停下手機的鬧鈴聲後確認了一下時間。

雖然覺得有點怪異，但也確認了時間是早上五點。

……為什麼會是這個時間？

晚上念書後，應該是十二點前後就寢，所以我才睡了五小時左右。但很不可思議的是，我的身體感覺得到了充足的睡眠。

對著或許是不小心誤觸的鬧鈴嘆氣，我想起現在正在放黃金週[1]。對耶，放假耶，太棒了。

我很容易入睡，但一醒來後就很難再次入睡。重新打起精神，我想著先下樓弄杯咖啡拿鐵喝好了。

無論如何，我還是先把房間的燈打開。

《我因為車禍而得了失憶症，先去看桌上的記事本吧》

《一日入魂》

《首先先去看記事本，快，去看桌子》

外頭還很昏暗，在被淡淡光芒照亮的室內，貼著許多紙張。

背脊忽然一陣發涼，我被奇怪的感覺抓住。

咦？這是什麼……？

熟悉的我的字跡，出現在陌生的紙張上。直到此時，我才想起剛剛看手機時的不對勁，我連忙去確認畫面。日期不對。

昨天應該是四月二十六日，是黃金週的第一天，我記得很清楚。

但現在的日期已經跳過了一個月以上，紙張上還寫著奇怪的內容。

1. 日本的黃金週（日語：ゴールデンウィーク；英語：Golden Week，簡寫為GW），是指在四月底至五月初由多個節日組成的公眾假期。

車禍？失憶症？

在我陷入混亂之時，走廊傳來腳步聲，我轉過頭去時聽見了敲門聲。

應門後，母親端著放上馬克杯的托盤，表情有點嚴肅地走進房間。咦？為什麼……為什麼？

我滿心疑問，但總之還是先問問紙上寫的事情。母親有點難以啟齒地回答——

「真織，妳發生了車禍，然後因為車禍得了失憶症。」

聽完車禍和失憶症的詳情後，我茫然若失。

聽母親一說我才想起來，自己確實遭逢了車禍，但那是昨天的事情，絕對沒錯。

但對這世界來說，那不是昨天，而已經是幾十天前的事情了。

騙人的吧？我知道自己現在的表情一定很僵硬。

但即使我拚命回想昨天發生的事，都只能想起發生車禍的「昨天」。雖然我懷疑母親說謊，但母親根本沒必要說謊。

也就是說——我真的失憶了。

老實說，我真的笑不出來。很想笑，但卻笑不出來。

為了冷靜下來，我坐在椅子上喝母親端來的咖啡拿鐵。

我最愛的加了肉桂的拿鐵，卻無法一如往常地讓我平靜下來。

我在發抖。母親相當痛苦地看著這樣的我。

接下來母親告訴我，我每天都會做什麼事，接著讀起過去的我所寫的記事本與筆記。

我似乎每天早上都為了讀這些而早起，因此再晚也要在十點就寢。

母親似乎也配合我改變了生活作息。「如果有問題，我在樓下等妳」母親留下這句話後，就讓我一個人獨處。

我看向桌上的記事本。

很陌生，但是是我會喜歡的簡單設計。那是本活頁式記事本，不僅可以隨意追加頁面，在稍微突出的隔頁板區隔下，各個項目更是一目了然。

聽母親說，我平常會用手機做筆記，然後把必要的事情整理在記事本上。只要寫在記事本上就不需要擔心資料毀損。

我戰戰兢兢地拿起記事本，第一個項目標題為「重要」。

我遭逢車禍以及失憶症的症狀，這件事情只有我的雙親、小泉和學校老師知道等等，這邊寫著最重要的事情。

我似乎沒讓班上同學知道我得了失憶症的事。

上面也寫著理由。

雙親找學校商量我得了失憶症的事情後，得知國家規定，有障礙的特殊學生只要達到規定的出席天數就能畢業。

只不過學校同時也告訴父母有關失憶症的危險性。

我根本沒想像過，失憶症的謠言被傳開會是一件相當危險的事情。

不管發生什麼事情，我都沒辦法記住，會遺忘。

不管誰對我做了什麼事情，只要經過一天……

謠言傳開後，學校裡或許會有許多人跑來教室看我一眼。而在現在這個時代，消息也能輕易地在學校外傳開。

世界上當然不是只有壞人，也有許多好人。要是說出口，班上同學肯定會多多顧慮我，但是，並不能保證他們不會外傳。要是真的發生意外就太遲了，而這個恐懼可能也會增加我每天的精神負擔。

醫生說，盡量避免壓力、做些開心的事情讓精神平靜下來非常重要。

因此，我極力避免和小泉以外的人來往。

確認完重要事項後，我快要不能呼吸了。

我有一種開闊的未來突然關上了大門、被人拋棄在黑暗中的感覺，這讓我很想放棄繼續閱讀。事實的重量……快要把我壓垮了。

但我必須得面對。類似些微希望的什麼東西，也寫在重要的項目中。

《雖然是這種狀態，但我也交了個男友了。請看記事本的「男友先生」項目，以及五月二十七日以後的日記。上面寫著男友先生的事情》

我再次看著寫在記事本上的文章，短暫陷入了沉思。

我交了男友……但是，是為什麼？我現在是這種狀態耶，到底是怎麼一回事啊？

我作好覺悟，首先先看了記事本的「男友先生」頁面。

對方是別班的神谷透同學，我和他沒有交集，幾乎不記得。

大概是個白皙纖瘦的人。

根據記事本內容，我的手機裡似乎還有存放他照片、影片的專屬資料夾。

一看手機確實是這個人，還有情侶那種貼在一起拍的自拍照。我們為什麼會交往，也寫在「男友先生」的頁面上。

神谷同學放學後突然找我到校舍後方，然後向我告白。但我覺得他不是因為喜歡我才告白，而是被誰逼著說的。

要是平常的話我應該會拒絕，但那時我閃過一個念頭，我想要利用這個告白，想要試著努力能不能在這種狀態中做些什麼全新的事情。

我在那之前的每一天，似乎對無法累積任何新事物的自己感到相當錯愕。我什麼事情也不能做，只是虛度一日時光。接著，我狠下決心做出這種事。

我們的交往有三個條件。

一，放學之前我們都不能和彼此說話。

二，聯絡的內容要盡量簡潔。

三，千萬不能真的喜歡上我。

歸納起來就是這種感覺，條件的理由也寫在上面。

第一點，因為我在這種狀態下還是要上學，所以我需要時間閱讀記事本、日記來整理自己的事情。

第二點，要是太頻繁和我聯絡，不僅可能因為時間關係沒辦法回覆，要是他傳訊息提到和昨天的我之間的話題，我也會很傷腦筋。

第三點，就算交往，在這種狀態下遲早會分手，所以我想盡量讓自己不要有戀愛的情緒，類似於偽裝情侶。

接下來，我開始看著神谷透同學的個人資料。

從生日、家人、血型、喜歡的作家等資訊，推敲他是個怎樣的人。

沒落貴族、老媽、很重視衛生感的人。在我想著「衛生感是什麼啊」的時候，上面也有說明。清潔感可以偽裝，但衛生感裝不出來。

「是喔。」我有點佩服。我發現自己對他稍微產生了興趣。

我鼓起勇氣伸手拿起筆記本。

記事本上摘要了重要事項，而筆記本似乎被我當成「日記」使用。

用日記的方式，寫下車禍後每天的生活。為了能短時間讀完到此為止的事情，我似乎也以每週為單位去統整日記內容。

日記寫法和記事本的差異很大，沒有格式，相當自由。

考量時間，我先讀了統整的內容。我每天似乎都很努力地過著和以往無異的日常生活，也努力不讓其他人發現我的狀況。

大略確認完男友先生出現前的日記後，我終於開始讀男友先生出現的五月二十七日之後的每篇日記。

「放學後」、「約會」、「男友先生」、「小泉」、「男友先生的家」、「紅茶」。

明明是自己的事卻難以置信，我讀到忘記了時間。

當然其中並非全是開朗的事情，統整的日記中也包含著讓人感到沮喪的內容。像是努力升上升學班卻變得毫無意義，以及和朋友的往來，還有一直不見好轉的失憶症。

但在男友先生登場後的日記中，每篇都寫滿了樂觀且相當開心的事情，像是和男友先生聊了這種事情，他當時的表情有點可愛之類的。無所謂的事情真的很無所謂，但得知昨天的我還有感受這種事情的從容，竟讓今天不普通的我有了勇氣。

太陽不知何時升起的，轉眼間已經早上七點了。

此時，我對該直視的失憶症的恐懼也稍微緩和下來。

離開二樓房間來到客廳，父親正在看報紙。他看起來和昨天沒有兩樣，但感覺也有點緊張。

當我看向他，父親迅速放下報紙，朝我咧嘴一笑。

……該不會每天都是這樣吧？

「啊，那個，給你們添麻煩了。」

我低頭道歉後，父親慌慌張張起身。

「說什麼添麻煩，才沒那種事。孩子的媽，妳說對吧？要是真織沒救人，那孩子說不定也沒命了，妳真的很了不起。失憶症也是，雖然很罕見但也不是完全沒有病例。或許得花一點時間，但有可能治好的。慢慢來不要著急。」

母親早上也是這樣對我說的。一想到讓父母每天早上說這種話，我就覺得過意不去。但最糟糕的就是讓他們看見我難過，所以我很有精神地點點頭。

大概是鬆了一口氣吧，父親不自然地豪爽大笑起來。

接著我們一起吃了早餐，之後我回到自己的房間。確認了記事本後，週六的今天，我預定十二點要和傳說中的男友先生去公園約會。

約會啊，我還真厲害呢！

在我煩惱著要穿什麼衣服赴約時，手機來電鈴聲響起，是小泉打來的。

「啊，真織，妳今天應該是要和神谷約會對吧？沒問題嗎？」

大概是昨天說過了，小泉似乎知道我今天的行程。

「小泉，對不起喔，總覺得好像把妳捲進很麻煩的事情裡。」

「麻煩？啊啊，如果妳是說記憶的事情，不用在意，我只做我能做的事，也只做我想做的事。」小泉若無其事地說道，但這句話拯救了我。

小泉的個性讓她不易與人深交，但她會對自己打算深交，以及最終深交的人盡心盡力。

「聽到妳這樣說真是太好了，然後我現在正在煩惱要穿什麼衣服去約會。」

「別問我。」

「什麼？」

「別在我面前放閃。」

「我才沒有放閃。」

但昨天以前的真織們，也有件事瞞著小泉。

昨天以前的真織們，沒有把我和神谷同學是偽裝情侶的事情告訴小泉。

雖然已經帶給她非常多麻煩了，但和男友先生之間的事情是我的任性，所以我似乎是希望盡可能自己解決。

穿穿脫脫，我好不容易才決定好要穿什麼衣服。

趁著空檔看記事本和日記，一開始我的心情相當低落，但令人驚訝的是，我卻輕易地適應了「現在」的狀況。

和母親說要出門，接著對父親說「我要去約會」後，父親瞪大了眼睛，但我已經做好外出準備了。

父親很堅持要送我過去，我笑著說「不用啦」拒絕後，決定搭電車加步行前往約定的公園。走在前往公園的路上，我心想——

什麼嘛，我很普通地就能辦到啊！男友先生的資訊也完全記在腦袋裡了。抬頭一看，今天是光線就像要化為音符從天空落下般的超好天氣。

就像這樣，意外地，我或許能每天都很普通地活著。

雖然說今天也是，但我如果沒在記事本及日記上留下痕跡……大概會就此消失吧。

疑似在照片上確認過的男友先生的人，就站在我們約定的地點。

便服令我有點難以確定，但從他筆挺的襯衫、像是才剛洗過的運動鞋、沒有毛球的黑色牛仔褲，感覺可以從中看見「衛生感」這幾個字。

「那個，是透同學吧？」

我一喊他，他立刻從書本中抬起頭來。

「啊，嗯。」

「太好了，對不起，我還沒看慣你穿便服的樣子，所以有點沒自信可以認出你。」

我如此解釋後，他似乎接受了我的說詞。

我對外隱瞞失憶症的事情，也沒有對男友先生說。會有告訴他的那天嗎？或者是自然分手的那天更早到來呢？

在我因微小的感慨不知所措時，我發現男友先生身邊有個野餐籃。

從接下來的對話我得知了新的事情，男友先生似乎有姐姐。

這個野餐籃是他姐姐的東西，雖然並非死別，但我沒辦法放任落寞談論這件事的他不管。我說「我肚子餓了」，他對我一笑。

接著，我們做了很有情侶感的事情。

我們走到鋪上整片綠色地毯的草地廣場，在樹蔭下鋪野餐布。

看著遠方在假日出遊的家庭，品嘗男友先生親手做的便當。吃著有大量蔬菜、色彩豐富的三明治，減低熱量的配菜也相當美味。

「你可以當個好老公呢。」

「妳也是……啊～～不好說耶。」

「為什麼不肯定到最後啦。」

我這樣說著轉過頭去，只見男友先生滿臉笑容。

這什麼啊，好不可思議的心情。陌生的他對我敞開心胸了。

不僅如此，我自己似乎也相當自然地對他敞開了心胸。

那感覺相當溫暖，讓我驚覺原來人類也能做到這件事啊。

就算只能維持一天的記憶，就算我只透過資料認識眼前的人，但這個人認識我，他心中有和我一起共度的記憶，他就能用著如此溫柔的眼神看著我。

不可思議地，讓我感到安心。就算沉默也不討厭。
「真不可思議。」
「怎麼了嗎？」
當我把這個想法脫口而出時，男友先生反問道。
我們的視線一度交合後，我看向前方回答——
「沒有，只是不可思議，總覺得真的很不可思議，心情一點也不急躁、不痛苦。就算不說話也完全不覺得無聊或不自在，甚至覺得我們已經這樣靜靜地累積了許多時光。」
視線感受到溫和的日光，我們閱讀著名為時間的書籍。
在這之中，我思考著讓我變成這樣的神明。神明肯定對我們人類毫無興趣，但超越人類尺度而存在的神明，應該沒有善惡吧。
但是，我想祂或許很溫柔，或許神明……
一陣風吹來，我的頭髮隨之飄揚，我伸手壓住頭髮時發現了男友先生的視線。
當我發現時，他已經說出那句話了。
「我可以喜歡上妳嗎？」
我慢慢轉過頭看他，神谷透同學以無比認真的眼神看著我。
我抱著想哭的心情，心想——

不對，神明……果然很惡劣、很殘酷。

2

順向失憶症。日野接著向我解釋這個我不熟悉的疾病症狀。

簡單來說，這是個無法累積新記憶的疾病，因大腦在事故中受到嚴重撞擊後，累積記憶的系統失去作用，無法啟動。

她能維持早上起床到睡前這段時間內的記憶，但只要一入睡，大腦就會開始整理記憶，接著把原本該整理的一天的記憶消除。

隔天早上起床後就什麼也不留，回到一天前的自己。

記憶歸零。這就是日野現在身患的疾病。

邊聽她說話，過去的日野浮現在我腦海中。常拿手機記筆記、頻繁拍照。每天第一次看到我時，她總是深感興趣地看著我。

這全都和她的失憶症有關。不僅如此，她提出的三個條件也是如此。

當我聽完她的解釋，說她是透過記事本和日記連結記憶後，她露出泫然欲泣的表情。她的身影，茫然地倒映在我的眼中。

日野說她原本不打算告訴我，還對我說對不起，竟讓我陪她做這種奇怪的事。

「奇怪的事？」

我一問，日野的表情染上一層陰霾。

「嗯。」

「奇怪的事是指什麼？」

「你對不喜歡我卻向我告白感到愧疚，我卻利用了這一點，心想這種狀態下的我或許也能做什麼全新的事情，所以才決定和你交往。」

「這要說起來才是我不好，竟然向妳假告白。那才是……該怎麼說，所以就是……」

我想要說些什麼樂觀的話，卻找不出該說什麼話。

日野的表情持續陰沉。

我不希望她露出這種表情，我希望她能笑。

「有其他人知道妳失憶嗎？」

好不容易擠出口的，卻是這種帶著問號的話。從剛剛開始，我只說出疑問句與否定句，而日野則只是一直低著頭。

「嗯，小泉、我爸媽，還有學校老師和……」

知情的人似乎相當有限，而她也對我解釋，那是因為失憶症伴隨著意想不到的危險性。聽完說明後，我相當震驚。

確實如此，讓其他人知道她有失憶症是很危險的事情。

日野說完後再次低下了頭。

但我不想讓她低著頭，也不想老是想問問題。

就算是偽裝情侶，身為男友的我能做些什麼呢？我該思考後進一步執行。

而我也已經知道答案了。

自然而然得出答案，甚至讓人懷疑這真的是我想出來的嗎。

『你知不知道有句格言是，什麼和咳嗽一樣，患上就藏不住之類的？』

我想起下川同學說過的話。理由是什麼呢？是因為在我少有笑容的生活中，日野的笑容看起來很特別嗎？是因為日野很美？是因為我發現她隱瞞著什麼嗎？愛上她的心情，突然在我面前真實出現。

當我發現時，我的眼中只看得見日野了。

「如果妳不把今天的事情寫在記事本或日記中，明天的妳就不會知道，對吧？」

「對，就跟今天早上一樣，我醒來的時候，是以為自己昨天出車禍的我。如果不寫下來……咦？透同學？」

日野終於抬起頭來了。

活到今天，或多或少，每件事中都有各種情緒。

喜悅與苦惱、悲傷與安寧。

但現在這般果斷的心情，感覺自己不管怎麼找也找不到。

我又做到一件讓自己感到驚訝的事情了。

因為和妳在一起。因為，我想和妳在一起。

「那麼，妳別把妳對我說過失憶症的事情寫下來。並且，也別寫下我喜歡上妳的事情。」

我平靜地說出口，拋棄了所有問號。

日野相當驚訝，我勉強自己笑出來。

「違反約定的人是我啊。如果，只是如果，如果妳覺得讓我繼續當偽裝男友也可以，不知道我喜歡妳也比較好吧？生病的事情也是，如果其實妳原本不想告訴我，如果對把這件事說出口感到不安，還是忘記比較好。我今後也會裝作沒發現，如何？」

日野沒有立刻回應，但從表情可以看出她的迷惘。

「總覺得這只對我有好處耶？」

「才沒那種事，我……」

我想起在短短時間內，將我身體重新改組的東西。

對我來說，「喜歡」這種心情是無法理解的東西。在班上總會聽到有人談論戀愛話題，但我卻覺得那對我來說是遙遠世界的事情。

而現在，我自然地，在不知不覺中喜歡上她。

她的笑容，說些無聊蠢事時的她，做出不像她會有的舉動也要顧慮他人的這點，我都好喜歡。喜歡的理由說也說不完，我甚至對初戀感到不知所措。

但是……把這種心情告訴她又怎樣？根本沒有必要增加她的負擔。

「我和妳交往前，每天的生活都很無趣。所以就算是偽裝男友，只要可以和妳在一起……我覺得，可以當作今天這一切都沒有發生。」

此時，聽見遠方傳來家庭和睦的喧鬧聲。

與聲音相隔一段距離的地方，我和她在這裡。

眺望雲朵，與充滿刻意的我不同，雲朵正隨意地飄浮流動。

「透同學這樣沒關係嗎？」

我低下頭。日野看著我，露出鑽牛角尖的表情。

「嗯，我覺得沒關係。和妳一起玩很開心，如果妳願意的話。」

日野一臉沉思。

這個選擇，總有一天會折磨我和她吧？但我祈禱著。

希望可以實現，希望老天可以收到。

日野沉默了很長一段時間深思著，最後緊緊一抿唇後說——

「嗯……我明白了，那我不把今天的事情寫下來，我會忘掉。」

忘掉。這出自普通人口中與日野口中，意義完全不同。

她真的會忘掉。

只要不留下行動紀錄，只要不寫下自己的軌跡，日野就會忘掉。

「謝謝妳。」

「不，我才要謝謝你，讓你背負了許多……對不起。」

「沒有，那不算什麼。能有個美麗的偽裝女友，那個，我也很開心啊。」

我原本打算笑著說些輕佻的話，但卻做得不太好。

我接著邀請日野喝紅茶，兩人一起喝了紙杯中的紅茶。

我更詳細地詢問失憶症的事情，日野也毫不厭煩地告訴我。

關於一睡就會讓記憶歸零的症狀，聽她說只要努力不睡覺，隔天也能繼續保有記憶，但那其實沒有什麼意義。

她實際上也請綿矢幫忙實驗，但人類不睡覺根本就無法存活。

包含導師在內，老師們都知道日野的狀況，所以上課時都不會點她回答問題，作業也可以交白卷。她會參加考試，但不及格也沒關係。

每天早上得知自己有失憶症很痛苦，但只要到學校上課，她就能順利畢業。至於將來，她還沒有考慮過。

十二點就碰面，雖然就時間來說還有點早，但我們決定三點解散。

回家前，我對她說——

「妳千萬不能寫在記事本和日記上喔。要是寫了我絕對會發現，因為妳的心思全寫在臉上。」

「嗯，別擔心。」

日野露出我不曾看過的，那種虛幻又不切實際的表情。

現在的日野，就是夾在人生這無數頁面中的其中一頁。

「那個……透同學，今天很謝謝你。你果然是個非常溫柔的人。」

溫柔，我嗎？會嗎……？

「不，我才要說謝謝。然後，那個……」

我喜歡妳，會造成妳的困擾嗎？

我想要問，但最終卻沒問出口。

看著日野在我面前等我繼續說下去，我搖搖頭——

「沒什麼，我送妳到車站。」

送日野到車站後，我拿著變輕的野餐籃打算要回家。

但我已經對留在家裡的父親說要去約會，如果讓他看見我這麼早回家，而且還情緒低落，或許會讓他擔心。

我換了個想法走向其他公園，坐在長椅上看書，只是半個字也讀不進腦海中，同一行字來回看了好幾遍。我到底就這樣讓腦袋空轉了多久呢？

五點時，告知黃昏時分的音樂響起。

我前往不常去的商店街生鮮肉鋪，買了牛肉回家。

父親開心地吃著我準備的壽喜燒，說他今天的寫作進度很棒。

「你過得怎樣？」

我一瞬間板起臉來。

「嗯，她吃便當吃得很開心。」

好不容易說出這個答案，父親又開心地笑了。

「那真是太好了。哎呀，你也多吃點肉啊。如果我拿到這次的新人獎，把你的女朋友找來慶祝吧！好不好啊？阿透。」

明明沒酒量卻喝了酒，父親早早就睡著了。我邊收拾餐具等東西，邊想著許多事情。

喜歡到底是有著什麼意義的心情呢？人類為什麼會喜歡上另一個人呢？喜歡上另一個人，有時明明或許是很痛苦、很悲傷的事情啊。

不過，沒人回答我的疑問，只有洗碗的聲音持續單調地響起。

3

週日，是和下川同學道別的日子。

他要去的新學校在國外，原本我想到機場去送他，但他考量到我的乘車費用，就約我在當地快速列車會經過的車站見面。

我已經比約定的時間早很多抵達，但下川同學已經在收票口前等我了。

「對不起，等很久了嗎？你來得真早呢。」

我一喊他，他看起來有點難以啟齒。

我正想著是怎麼了，他突然說出找他麻煩的那傢伙的名字。

下川同學邊慎選用詞，邊對我說他其實有告訴老師他被那傢伙勒索財物的事情。

「那個……他剛剛來還我錢。我跟老師說完的隔天，他放學後找我說話。那是從我存下來的壓歲錢中拿出來的錢，我跟他說不用還了，但他還是說要還我錢。然後今天我是和他約好了才會提早來，他偷偷去短期打工，又和他哥借錢來還我。」

那傢伙不久前還在這裡，來還下川同學錢。

明明知道他已經走了，我還是四處張望著。

明明想要思考些什麼，但昨天日野的事情卻讓我的思考有點遲鈍。我想起在教室裡落單的他，正翻閱打工雜誌的那一幕。

「這樣啊，你……有跟老師說了啊。」

我沒告訴下川同學，那傢伙其實已經在鞋櫃區告訴我這件事了。

「嗯，都高中了還被欺負，大概是因為我又笨又胖，有很多理由……我覺得很丟臉所以說不出口。但是，因為這樣給你添麻煩，我想著如果要鼓起勇氣就是現在了。只不過也因為這樣，我對他很抱歉，他似乎和朋友拆夥，在班上也被孤立了。」

下川同學沒有當成對方自作自受，到最後一刻還在擔心那傢伙，我覺得他好耀眼。

和他認識的時間還不長，但即使如此，我仍然覺得這個朋友是非常重要而且無可取代的存在。

之後，我們試著想要一如往常地聊天，卻說不太出口。

先打破沉默的是下川同學。

「神谷同學，謝謝你和我當好朋友。」

他的這句話，讓我抬起微低的頭。

「雖然你很謙虛，但我認為你是個很出色的人。你雖然裝得好像什麼也沒有，但你確實擁有很重要的東西，例如溫柔。」

我的表情不禁認真起來，這是我第一次看見下川同學這樣說話。

「我爸說過，比起成為偉大的人，成為溫柔的人更加困難，所以你比世界上偉大的人更加厲害。說這種話或許很失禮，但你過得很辛苦卻也沒有走歪。我爸也這樣說過，過得辛苦的人多半會變得低三下四或是心術不正，但你很溫柔，非常、非常非常溫柔。」

這句話，和昨天與日野分別時的話重疊。

『你果然是個非常溫柔的人。』

我只有……溫柔。我只有溫柔啊。而且那肯定是相當半吊子，根本不值得自豪的東西。

雖然我想這樣說，最終仍沒有說出口。

「你可別太辛苦，成為一個厲害的偉人喔。」

我有點開玩笑地說出心中真正所想的話之後，下川同學笑了。

「我努力看看。」他如此回答

「神谷同學，對不起，我感覺自己快哭出來了，所以先走了喔。謝謝你，雖然時間很短暫，但我不會忘了你。真的很謝謝你陪著我。」

下川同學伸出他細嫩的手，我看著自己粗糙的手。

覺得用這種手和他交握很不好意思，但我還是伸出了手。

下川同學用力握住我的手，我也回握。

「你到了新環境也別輸了喔。」

「我會努力的。」

「騙你的，其實輸了也沒有關係。」
「你這樣會挫折我的初心耶，別這樣。」
「機會難得，也試著減肥看看吧，你其實長得很帥。」
「真的嗎？嗯，我知道了，我也努力看看。」
下川同學有點害羞地微笑放開我的手。「那麼，我家人還在機場等我。」他如此說道，我點了點頭。
「和日野同學好好相處喔。」
他接下來的這句話，讓我有了些許心慌。
靜靜點頭後，下川同學又瞇細眼睛對我微笑。
接著下川同學邁出腳步，朝著全新場所，朝著收票口的另一端前進。
他轉過頭來朝我用力揮手，我也揮手回應。
「下次，下次見面之前……」
個性害羞的下川同學對著我大喊。
「我會改變。然後我會交一個和日野同學一樣的出色女友，到時，我們再一起聊戀愛話題吧。」
我只能說出「嗯」回應他這段話。
回到家時，我聽見敲打鍵盤的聲音。父親似乎又在寫小說。

感覺這就是我的日常，我仰望低矮的天花板。
做完瑣碎家事後到了中午，雖然沒什麼食慾，但我還是簡單地煮了兩人份的午餐，和父親一起靜靜吃完。
下午我感到全身無力，躺在自己房間的被窩裡，一看手機才發現收到郵件的提醒燈亮起。
我以為是下川同學傳來的，但拿起一看卻是綿矢傳的。
我沒讀也沒回信。就這樣度過一天。

4

週一，第二節下課時間。
當我覺得下川同學不在的教室特別空蕩時，發現有人正在注視著我的視線。探尋源頭，我發現綿矢正一臉不悅地站在教室外。
她不開心地雙手抱胸，發現我看見她時便朝我招手。
我完全沒有任何感想地朝走廊走去。
綿矢領頭，我們一起走向兩人第一次交談的走廊角落。
「你為什麼對我的郵件視而不見啊？」

綿矢停下腳步，轉過頭來如此問道。

「對不起，妳有寄信給我啊？我平常不看手機所以沒有發現。」

「所以你還沒有看囉？」

「我應該一直丟在書包裡，待會再看。」

雖然沒看內容，但我知道她寄信給我。

為什麼我要說謊呢？當我像跟自己無關似地思考時，綿矢撩起了太陽穴旁的頭髮，露出形狀好看的耳朵。

「不用了，那也沒意義了。那個，就那個啦……你跟真織發生什麼事了嗎？」

她一問，我相當自然、若無其事地回應——

「和日野？沒什麼，我們週六去公園約會，雖然有點早就回家了。怎麼了嗎？」

我大大方方地說完後，綿矢帶著打量的目光看我。

「我和真織就算假日沒有見面也會打電話。我週六晚上打電話給她，但她的樣子不太對勁。」

「不太對勁？是怎樣不對勁？」

「話特別多。」

「那跟她平常沒兩樣吧。」

「才不是。她真的感到痛苦或難過的時候，話就會變多。我從以前就知道她會這樣，我應該沒猜錯。」

從綿矢認真的表情，我可以看出她有多麼重視日野。

但她會這樣來問我，表示日野沒對她說我告白了自己的心意，而日野告白了自己的病情，最後我還拜託日野別把這些事寫在記事本上。

但記事本及日記又如何了呢？她應該沒有寫下來吧。

「假設真的是這樣，那是因為我嗎？」

我為什麼會這樣說話帶刺？今天的我有點怪。

綿矢大概也感到有點詫異，稍微皺起了眉頭。

「真織她家，該怎麼說呢……非常重視真織，但那並沒有過度，就是每天都一樣。總之，我認為不是和家人間發生了什麼。如此一來，唯一不同以往的要素就是你了。」

我重新認知了日野的狀態。從綿矢慎選用字遣詞的說話方法，我真實地感受到日野的病情，以及她努力隱瞞這件事的狀況。

如同綿矢隱瞞日野的病情，我也隱瞞著事實。

裝作什麼事情也沒有發生。

「我覺得週六沒發生什麼特別的事，但人心總是看不見的。我今天放學後也會和日野見面，我會試著問問看。如果妳不介意，妳要不要也一起來？」

「我……不，不用了。對不起，之前也是一樣，我有點怪對吧？但你和真織見面後如果覺得她怪怪的，可以告訴我嗎？雖然你們現在還沒有那種感覺，但你是她的男友，直接見面或許會有所不同吧。」

「我知道了。」

第二節下課時間就這樣結束了。

其他下課時間也沒事可做，但為了增加在家裡的自由時間，我把時間用來寫作業以及複習、預習功課。

感覺上，我已經確定好下川同學離開後的下課時間該怎麼過了。

我轉頭看向那傢伙，他和我一樣一個人孤單地轉著筆。

放學時刻來臨，我在人全走光的教室裡再次見到日野。

「啊，找到我的男友先生了。」

日野說她在得到失憶症前，幾乎不認識我。

現在的她，大概是靠著照片分辨出我。假設現在有個和我長得很像的人，假裝成我坐在這邊，我想日野大概也不會發現。

我邊想著這種沒有意義的事情，邊迎接日野。

「唷，我的甜心。」

「咦？你不是不喜歡說這種話嗎？」

日野似乎連這種小事也寫在記事本上。其實我並不是想要確認什麼才這樣說，只是想盡量讓自己看起來開朗才會說這種話。
「嗯，我試著努力看看了。」
「所以你的臉才會繃成這樣啊。」
日野有點捉弄般地回應，接著目不轉睛地看著我的臉。
她這個反應總是讓我感到詫異，但現在也不覺得了。
在我跟著也專注回看她後，她露出了個「哎呀」的表情。
我邊注意著不讓自己看起來不自然，邊揚起嘴角說——
「週六。」
「咦？」
「週六謝謝妳，我過得很開心。」
雖然沉默了一小段時間，但日野接著相當誇張地回應我——
「啊～～對對，我也很開心！便當非常好吃。其實應該是身為女友的我做便當回禮才對，但是很對不起，我非常不擅長這種事。」
「嗯，感覺得出來。」
「什麼？你很沒禮貌耶。」
「明明是妳自己說的。」
「自己說和別人說，這之間的意義不同。」

看著日野清澈如水般不做作的笑容，我心想——

日野似乎遵守了和我之間的約定。

她沒有在記事本與日記上寫下我說出對她有好感的事情，以及她對我告白自身疾病的事情。我大概可以對此安心了吧？

我不能說出自己的愛意，也要裝作沒發現日野生病。不刻意追究日常生活中的細微不對勁，置之不理。

那肯定是日野所追求的吧。

「那麼男友先生，今天要做什麼？」

認識沒多久後她就叫我男友先生，或許是因為不習慣叫我的名字吧。

「女友小姐想要做什麼呢？」

「我？」

「對。」

「嗯～～啊，那個！我想要騎自行車雙載，那不是情侶的夢想嗎？」

我先前有點擔心自己，對於再見到日野時是否能保有原本的自己感到心中不安，但現在不需要擔心了。

日野無邪的言行，讓我自然流露出笑容。我需要讓自己徹底轉換心情才行，不可以一直被週末的事情影響。

那是我自己決定的道路。繼續喜歡她，繼續待在她身邊。

但我不會對她表明這份心意。

「雙載違規所以不可以啦，請想些更適合的事情。」

「那穿制服約會呢？」

「嗯，可以啊！但是，是要在放學回家的路上繞去哪裡嗎？」

「家庭餐廳！」

她秒答的模樣讓我自然地笑了出來，心中有種凝結僵硬的東西逐漸變得柔軟。

只要在她面前就能讓我開心，這是不容置疑的情緒。

就算是偽裝情侶，事情也沒有任何改變。不管是我感到開心，或是我喜歡日野。沒有任何改變。除了這份心意以外，沒有任何回報也無所謂。

「我會努力的。」

「啊，糟了。會花點錢可以嗎？當然，我會付我自己的份。其實為了謝謝你陪我去，我請客也沒有問題。」

「妳不用擔心，我有筆臨時收入所以沒問題。還有其他想做的事嗎？」

「我想要去電子遊樂場打情罵俏。」

「我不會和妳打情罵俏，但妳想玩夾娃娃的話，我們可以去。」

「我還想去水族館。」

「那要等到假日，不過ＯＫ。」
「那也可以去遊樂園之類的嗎？」
「好啊。」
「還有，那個，卡拉ＯＫ！」
「也約綿矢一起去就沒問題。」
「只有兩個人不行嗎？」
「因為兩個人單獨在包廂裡感覺很害羞啊。」
「原來沒落貴族先生是害羞的男孩啊。」
「好啦好啦，還有其他的嗎？」
「啊，圖書館約會，想要一起念書、準備考試之類的。」
我無法掩飾自己的驚訝，原來日野心中有這麼多想做的事情啊。
日野只要晚上一入睡，就會忘記那天發生過的所有事情，沒有辦法累積每天的生活。那到底是多麼絕望的事情，那該有多痛苦呢？
只有自己一個人被時間拋棄，而且不僅如此，連未來也被剝奪了。
那麼，我就讓明天的日野多少能覺得日常相當開心，讓她在日記中寫滿開心的回憶。
希望明天之後的日野，讀完日記後可以湧出勇氣。

希望自己可以多少緩和她對未來的恐懼。

「說了不少了呢。那麼，我們一件一件完成吧！首先呢……好！機會難得，我們今天就先挑戰自行車雙載吧？」

當我用興致盎然的口氣說完後，日野相當驚訝。

「咦？可以嗎？話說回來，你也是搭電車上學吧，上哪找自行車啊？」

開始全新、開心的日常生活吧！那肯定就是名為「希望」的東西。妳說是吧？日野。

心裡有數的我，用平常不會有的表情朝她咧嘴一笑。

彷彿表示「喜歡上一個人是豐富人生的事情」。

5

我們兩人偷偷摸摸走進空無一人的學校自行車停車場。

我和日野都是搭電車上學的，停車場裡沒有我們的自行車。但我記得以前同班同學曾經說過，我們學校停車場的管理相當隨便。

因此，不知道是畢業生畢業後就丟著不管，還是誰去哪裡偷來無主的自行車，似乎有好幾台沒上鎖的自行車就丟在停車場裡。

我和日野睜大眼睛，同心協力找出那類車。

雖然花了一點時間，但是好不容易找到了。

「不過透同學，這個輪胎沒氣了耶。」

我現在很認真。在我能力所及的範圍內，我什麼事情都願意做。

就要像這樣，讓她的日記中增加許多開心的事情。

找到自行車是很好，但輪胎沒氣了，我對著因此感到沮喪的日野說——

「日野，妳放心，我就讓妳看看男友可靠的一面。如果是爆胎修好就可以，沒有爆胎的話去借打氣筒來就好了。對吧？」

「怎麼這麼突然？總覺得你很可靠耶。」

「包在我身上。」我露出無所畏懼的微笑。

我和日野一起到工友室，立刻借到打氣筒。

但空氣打進去卻也立刻消氣了。

本來只要拜託工友就能幫忙修理，但這台不知道主人是誰，也沒貼上識別貼紙的自行車，我想就算拜託其他人，也不會幫我們修吧。

所以我決定自己修。

我問日野有沒有剪刀和雙面膠帶，她回我「我記得教室中老師桌子的抽屜裡有」，而我們的教室裡也有我想要的水桶。

我們暫時先回到各自的教室去。
「欸欸，你要做什麼？」
在鞋櫃前換上室內鞋，我們快步走過走廊，日野用著與步調相同的輕快聲音問我。
「有趣的事情。」
我揚起嘴角，簡潔回答。
回到自己的教室後，我打開掃具櫃，借用水桶後走出教室。
在走廊中段與日野會合，當我露出不懷好意的笑容後，她也回以相同的笑容。日野似乎也找到我想要的東西了。
途中先拿水桶裝水，接著我們兩人急忙走向停車場。從輪框上拆下輪胎泡進水中，只要靠著冒泡的地方就能知道哪裡爆胎了。
我請日野在這段時間內，把我的文件夾剪成ＯＫ繃左右的大小，並將單面貼滿雙面膠帶。
接下來就簡單了。把剪成小片的文件夾貼在爆胎處，周邊再用雙面膠帶補強，把輪胎裝回輪框上，最後用打氣筒打氣。
過了一段時間也沒洩氣，輪胎也維持著該有的強度。
「喔喔喔！好強！真厲害，我的男友先生真厲害。」
我拍拍手露出得意的表情，日野則眼睛閃閃發亮地看著自行車。

窮人可不是白當的，我還有好幾個這類的小智慧。

「好了，那麼日野，我們走吧。」

只不過，開心的事不是補好爆胎，而是在修好車後。

發現了我的意圖後，日野咧嘴而笑。

「喔，是要做那件事吧？」

我朝日野露出笑容。

「是的，就是那個。」

接著日野用滿臉笑容回應我的笑。

「很好喔喔喔！快衝快衝～～」

我們現在在遠離通勤道路的田間小路上，用自行車雙載狂飆。

我坐在坐墊上全力狂踩踏板，日野坐在後面的貨架上，雙腳朝外併攏，單手抱住我的腰。

這麼做違反了道路交通管理法，正確來說應該是違反了道路交通管理處罰條例。

要是被警察或老師看到一定會被罵一頓，而且這台自行車還可能是失竊物。

所以我們才選擇遠離通勤道路的地方，像現在這樣狂飆。

「好棒、好棒！好快喔喔喔！」

日野興奮地大叫。

我邊怨恨自己沒什麼鍛鍊的腳力，邊使出全力不停踩踏板。而令人擔心的輪胎似乎也沒有絲毫漏氣的現象。

讓女孩坐在或許是失竊物的自行車貨架上，雙載在道路上奔馳。

我被做出這種事情的自己嚇到。這樣的我真的好不像自己。

回想起來，我到目前為止的人生都非常平淡，根本沒做過任何蠢事。

也就是活得相當無趣。

但這種生活方法，沒辦法讓日野的日記變得歡樂。

所以我想，今後只要她希望，我什麼都要去做，就算很胡來的事也要去做。

像騎著不明車主的自行車雙載，兩人一起大聲喊叫這類的事情。

這類很亂來的事情。日野會覺得很開心的事情。

「日野，妳不拍影片嗎？」

我邊掩飾呼吸急促的自己，邊用不輸給風聲的音量大聲問。

「什麼？啊，影片啊！好！」

我之後也確認了，那個影片的畫面晃個不停，根本不堪入目。

但是可以聽見日野開心大叫的聲音。

偶爾也會拍到我轉過頭探看的咧嘴笑容。

接著在日野的要求下，我們來回了道路好幾趟。在滿足了享受雙載的樂趣後，最後把車子放回原來的地方。

日野說要我坐在貨架上，她負責牽車回學校，但女生的體力很有限。

而且到了學校附近可能會被老師看見，最後還是由我牽著自行車回去。

把自行車放回停車場後，我們一起走到車站，日野到了這時還是相當興奮。

「明天要做什麼？」

我在被夕陽染紅的回家路上如此一問，日野輕輕揚了揚眉。

「明天？」

「明天放學後。」

「嗯嗯～～明天啊。」

日野如思索般呢喃，我自然地露出了笑容。

「我也會讓明天的日野過得很開心。」

這句話稍嫌大膽了一點，但也是會讓日野察覺到什麼的一段話。

「什麼？」日野驚聲一喊，看著我的眼睛，想要從我眼中看出什麼。「怎麼了嗎？」

我一問，她慌慌張張別開眼。

「唔，沒有，沒什麼。」

「那，到明天放學前決定好喔，不過到時候再決定也可以啦。」

「總覺得你好像有點不一樣耶？」

這個問題也就是，寫在她記事本與日記中的關於我的人物形象，和現在的我之間出現了什麼不同吧，不過這個差異讓我相當開心。

今天的日野，應該完全沒想到我知道她的病症吧。

「有嗎？最近單純覺得和妳一起玩非常開心，所以看起來稍微有點改變吧。」

「嗯～～這樣啊，人類還真是有趣呢。」

日野說出感想後拿出手機操作，我稍微瞄了一下，上面列著她自己說的想做的事情，我邊別開眼邊說——

「只是舉例啦，明天再騎自行車雙載也可以喔。」

「咦？但是連續兩天你應該會覺得很無聊吧？」

「連續兩天，對妳來說也是一樣吧？」

「啊，嗯。是這樣說沒錯啦。」

我感到奇妙的滿足感，微微一笑。

「我不會覺得無聊，妳不用在意，和妳在一起不管做什麼事都很有趣。總之，明天就做妳想做的事情，這樣可以嗎？」

「嗯！」

結果，隔天放學後我們也是騎自行車雙載。
現在的日野是每天僅此一次的日野。
日野第一次體驗自行車雙載，和昨天一樣大笑。
省去修自行車的時間變得輕鬆許多，就算連續兩天，和日野一起玩也不會覺得膩。
直到連續三天時嚇了我一跳，但讀完昨天日記的今天的日野，或許忍耐不住了吧。
不過，這樣也是令人喜悅的事。
唯一不同的是，這天綿矢也和我們在一起，她有點傻眼，也有點莞爾地看著邊騎自行車雙載，邊興奮大叫著的我們兩人。
綿矢邊笑邊這樣說——
「那邊的不良少年和不良少女，自行車雙載違反道路交通法，現在立刻下車。重複一次，自行車雙載違反道路交通法，現在立刻下車！」
日野大聲回應綿矢——
「我有個交換條件～～」
「什麼啊？妳說說看！」
「也讓小泉來玩雙載，所以請妳別追究啦～～」
「妳這傢伙賄賂啊，我以收賄罪逮捕妳啊。但是，我很樂意接受這個交易。」
換手讓日野騎車，綿矢坐上自行車貨架。日野踩著踏板讓車子前進，但速度卻上不去。

「真織，馬力不太夠喔。」

我看著回來後調整氣息的日野，忍不住說——

「要不要在前面吊根紅蘿蔔啊？」

接著，日野邊喘氣邊愉悅地回應——

「哇、哇啊，這、這人是怎樣，怎、怎麼可以對自己的女友說這種話。」

接著在綿矢的催促下，換成我騎車，綿矢在我身後大聲歡呼。

稍微休息後恢復體力的日野，相當愉快地大聲抗議——

「目擊劈腿現場、目擊劈腿現場。那邊的不良少年和不良少女，現在立刻從自行車上下來。」

「真織，對不起～～這個沒落貴族我就收下了。誰都不能阻止我們為愛大逃亡啊，哇喔！」

「阿透～～我可要詛咒你，連你的子子孫孫也一起詛咒啊！」

我邊聽著日野的詛咒，邊相當開心地大笑。

抬頭仰望，天空彷彿從童話故事中走出來的畫一般，火紅地燃燒著。

6

那週放學後都在開心地騎自行車，週六三個人則約好要一起去水族館。

集合地點在東京都心，轉乘車站前的大時鐘下，下午一點集合。

交通路線上需要經過這個轉乘車站，水族館就在這個車站搭地下鐵十五分鐘左右的距離。

館內似乎有可以吃便當的大廣場。

雖然會變成稍晚的午餐，但這部分就各自調整。我準備好三人份的便當，比約定時間早三十分鐘左右抵達轉乘車站。

因為這個車站連結商業大樓，位於十三樓的書店品項豐富，既然來到都心，就久違地想要去看看。

邊散發出拿著野餐籃的異類感，我搭上有點擁擠的大型電梯，在目的樓層出電梯後朝書店走去。

但這樓層和平常不同，四處有人潮聚集聊天，大家手上都拿著書。我訝異著正在舉辦什麼活動嗎？就看見了貼在附近的海報。

在完全沒有心理準備下看見那個，我茫然呆傻在原地。

「西川景子　芥河賞入圍作品　發售紀念簽名會」

當我領悟其中意義時，身體一陣發顫。

遲疑一段時間後，我的腳直直朝書店方向走去。

越靠近書店，就越能聽見店員整隊的聲音。簽名會似乎在書店中間的位置舉辦，現在已經大排長龍了。

這個月的《文藝界》上沒看到這個消息，大概是在網路上發表的吧。

西川景子應該所在的那個位置，也可以在書店內繞遠路後抵達。

我邊感受心跳加速邊繞路，大概許多人也有跟我相同的想法，只見有別於排隊隊伍，許多人在旁邊圍出層層人牆，我只好一邊分開人潮一邊慢慢前進。

有人一臉不悅地看著手拿與此地不相稱物品的我，但我根本沒有心思感到不好意思。

一步一步也確實往前進，我越來越接近目的地了。

從人潮間可以看見簽名會場周遭圍起寫有「禁止進入」的黃色封鎖線。快到了，就快要到了，我終於來到封鎖線前方，接著我看見了。

作家西川景子，我的姐姐，就在那邊。

我的喉嚨乾渴無比。姐姐坐在摺疊椅上，從排隊的人手中接下書籍後，在長桌上簽名。身穿黑色套裝的女子就站在她身邊。

她對著購買書籍的人，露出我不熟悉的笑容。

「非常謝謝你。」

她致謝後將書返還，並與對方握手。和接過書的人說話後，那人一鞠躬，帶著滿足的表情離開。我在一旁靜靜看著這個流程。

姐姐像是發現了什麼，突然轉過頭來看我。

「……阿透？」

我在這種時候，到底該露出怎樣的表情才是正確答案？

我大概露出了試著微笑卻失敗，相當愚蠢的表情吧。

下一位想要姐姐，不對，是想要西川景子簽名的讀者往前走了一步。

即使如此，姐姐還是看著我。站在她身邊的套裝女子，一臉困惑地向姐姐說話。

「怎麼了嗎？」

「咦……啊，沒事。」

姐姐稍微躊躇後，對著排隊的人露出笑容，「不好意思，請稍等一下。」說完後，在套裝女子耳邊說了悄悄話。

那位套裝女子有點驚訝，看著我點點頭。

只有西川景子回頭繼續簽名，看起來比姐姐大上幾歲的那位女子，朝封鎖線外的我走近。

「你好，請問你是弟弟，對吧？」

「啊……那個，對，是這樣沒錯。」

「簽名會比我們預期的還要花時間，我想再一個半小時應該可以結束，你可以去喝個茶等一下嗎？姐姐似乎想要和你聊一下，那麼地點就選在……」

她告訴我一個似乎是在大樓裡的咖啡廳的名字與地點，我點點頭。

「我明白了。」

那位套裝女子露出微笑後看了姐姐一眼，走回去拿起長桌上擺放的書，又走回我身邊，說了句「如果不介意的話請收下」，把姐姐發售中的書給我。

那位套裝女子又對我一笑後，走回簽名會場。

身邊聽見我們倆對話的人，朝我投以好奇的視線。

我為了擺脫這些視線，離開黃色封鎖線前。

一個半小時後……啊！

雖然反射性地答應下來，但我和日野、綿矢已經先約好了。還沒整理好思緒的我離開人潮洶湧的書店，搭上電梯下到一樓。

走出大樓外吸入新鮮空氣，我朝約定的大時鐘下走去。

確認過時間還有將近十分鐘，但綿矢已經出現在人潮擁擠的約定地點了。

「咦？神谷，你好早喔。話說回來你知道嗎？西川景子在上面的書店辦簽名會耶。我原本想去書店逛逛卻看見人超級多，嚇我一大跳。」

「那個……西川景子，其實是我姐姐。」

「啊啊，是這樣啊。但話說回來人也太多……咦？你剛剛說什麼？」

時至此刻也沒辦法說是在開玩笑，我只能淡淡一笑。

人聲沸騰中，我們倆沉默地互相凝視。

「對不起，我不知道有簽名會，剛剛過去時運氣很好地說了一點話。我們有點久沒見了，然後簽名會結束之後還要再聊。」

在我欲言又止時，綿矢似乎察覺到我想說什麼了。

「這樣啊……嗯，發生了很多事情吧？我明白了，你別在意我們，去和姐姐說話吧。」

我相當感激她的體貼，低下頭後又再次抬頭。

「我也想要對日野說明狀況，但我的腦袋有點混亂，也覺得很不好意思見她，就是這種感覺。妳可以幫我轉告嗎？啊，這是便當，不介意的話請用。三人份可能有點多，不用勉強吃完也沒關係。我和姐姐的事情結束後，絕對會去找妳們。」

我把姐姐的野餐籃遞給綿矢，又對她說這野餐籃對女生來說太重了，放地上也沒關係，她回我——

「沒問題啦，我會好好對真織說明的，你不用在意，我們也會不客氣地享用便當。

話說回來，告訴真織你姐姐就是西川景子，那樣沒關係嗎？」

「那沒有關係，她不是那種會到處說的人，而且，她是我的女朋友啊。」

「女朋友……啊。」

綿矢直直盯著我，接著突然露出微笑對我說——

「我一開始還以為你們在開玩笑，或是因為類似的原因交往，但我總覺得你最近很有男友的樣子，嗯，很有男友的樣子，努力想要讓真織開心。但在我看來，我也覺得你有點顧慮她顧慮過頭了。」

綿矢有點試探地說道，微微感覺她的語氣包含了「你是不是知道真織生病？或是察覺到了？」的意味。

所以我挑明對她表示——

「妳不能對日野說。」

「咦？什麼？」

「我認真地喜歡她。妳或許會覺得我在說什麼理所當然的話，但我認真地喜歡她，所以只要我能力所及，任何事情我都想為她做。不，說想為她做太傲慢了。如果能讓她開心，我什麼都願意做。我是這樣想的。」

我表情認真、語氣認真地告訴她，綿矢則無言以對了好一段時間。

「為什麼不能告訴真織？」

「那還用說，我會不好意思啊。」

「你才不是那種個性咧。欸，神谷啊，你該不會……」

車站前如浪濤般一波波襲來的雜音，一瞬間讓我產生了退潮的錯覺。

「你知道真織的事情了吧？」

我看著眼神不穩動搖，那個名為綿矢泉的女孩。

仔細想想，這或許是理所當然的結論吧。

「嗯，我知道。」

綿矢大概想要推敲我的真意，直直盯著我看。

「你為什麼會知道？真織告訴你的……應該不可能吧。」

「不，的確是日野告訴我的，但我拜託她別把這件事寫在記事本和日記上。今天的日野……不知道我知道她失憶的事情。」

看見綿矢表現出罕見的不知所措，而綿矢也沒發現我和日野是偽裝情侶，應該也無從發現那第三個條件。

「妳不能告訴她我知情喔。」

我笑著打迷糊仗，接著轉頭朝電梯方向走去。

人潮洶湧中，我成為不特定多數的一人，但感覺綿矢的視線不曾從我身上移開。

7

六月九日（週一）

在自家的早晨：沒有特別變化。

學校的班會時間：講期末考的事情，還有老師的玩笑話（沒什麼特別值得寫的）。

第一節下課：小泉問我週六的公園約會如何。沒有寫了什麼特別值得在意的事情，我把日記的內容告訴她。小泉很訝異。

第二節下課：小泉跑出教室。大概是去找我的男友先生。鈴木同學問我放學後要做什麼，我含糊回答我有事，她有點不滿。接著開心聊天，聊了她喜歡的實況影片等等的事情（追加在「記事本」人物欄內）。好不容易挽回了嗎？

第三節下課：我問了小泉第二節下課的事情。她說感覺被男友先生糊弄過去了。她果然去找男友先生了。但我的日記裡沒特別寫什麼，或許是小泉誤會了吧。

第四節下課：和小泉聊天。一轉眼就六月了呢，我裝傻回，但對我來說，這全部都是轉眼間就是了啦。小泉愉悅地說我這話說第二次了。這個玩笑話要多注意（追加在「記事本」人物欄內）。

午休：和小泉一起吃午餐。小泉的午餐是自己做的培根生菜番茄三明治，不公平啦。

第五節下課：小泉最近迷上紅茶，聽說是因為在沒落貴族（我的男友先生）家喝的紅茶太好喝了。我也好想喝。

放學後：到男友先生的班上去，他很害羞地喊我甜心。我問他不是不喜歡嗎？他回答試著努力了一下。呵呵，還真可愛呢。

他為了週六的事向我道謝，我對自己不擅料理的事情道歉後，他說感覺得出來。

唔，真沒禮貌。

接著聊起今天要做什麼，他說「就做女友小姐想做的事情」。騎自行車雙載、穿制服到家庭餐廳或電子遊樂場約會、卡拉ＯＫ、假日去水族館、遊樂園。我提了許多意見後，除了自行車雙載外全部ＯＫ（不過卡拉ＯＫ的前提是也要約小泉，似乎是兩人在包廂獨處很害羞），男友先生說他有臨時收入。

然後，明明說不能做違規行為，今天卻決定要騎自行車雙載。需要修改關於男友先生的資料，這傢伙，令人意外地配合度很高。

雖然在停車場找到被棄置不理的自行車，但輪胎沒氣了。在我沮喪時，男友先生說了——

「日野，妳放心，我就讓妳看看男友可靠的一面。」

有點，不對，是相當驚訝。

男友先生說要修理輪胎，我也一起幫忙。找到剪刀和雙面膠帶，還把文件夾剪成小塊。這要做什麼用的啊？

但男友先生用這個文件夾把爆胎修好了，好厲害。

為了不被老師和警察發現，我們在離道路有點遠的田間小路雙載。

男友先生全力踩踏板，好有趣，風好大。回想起來也感覺好開心、好青春。早上的絕望彷彿一場夢。我真厲害、我真棒，和男友先生交往真是做得太好了。

就算有失憶症，我或許每天也能這樣開心生活。雖然雙載有點恐怖，但怪異的笑聲從肚子深處跑出來。男友先生也一起笑。那副模樣也拍成影片（參照手機裡的「男友先生」資料夾）。

盡情享受雙載後，我們牽著自行車回學校。他問我明天的事情。

「我也會讓明天的日野過得很開心。」

嚇我一跳，他發現我有失憶症了嗎？不，再怎麼說也不可能。從他身上感覺不出他覺得我很奇怪。

我說他感覺有點不同，他回答因為單純覺得和我一起玩很開心。別這樣，那個笑容對我的殺傷力很大。

明明昨天還是個陌生人，好不可思議的感覺。

從日記來看，每天的我似乎都會感受到這種不可思議。

他說，如果我明天還想騎自行車也沒關係，說連續兩天也不介意。現在的我的唯一優點，就是每件新事物一直都是新事物。

不管幾次，都能開心享受每一次的新事物。

我稍微開朗起來了。男友先生，今天也很謝謝你。

週六早晨，早餐後開始看最近的日記，有點充滿少女心的內容讓我害羞。我根本沒想到自己竟然能如此開心。

看了隔天的日記，那天我似乎也騎自行車喧騰了一番。又再隔天，還邀小泉一起去和男友先生騎自行車。每天的我非常天真無邪地樂在其中，雖然覺得害臊也不禁笑了出來。

再次確認記事本中「男友先生」的頁面後，拿起手機叫出資料夾一覽，裡面真的建立了一個名為「男友先生」的新資料夾。打開資料夾，裡面全是神谷透同學的照片和影片。

我播放其中一個，日期是週一的影片。

聽見我的尖叫聲，影像搖晃。黃昏景色從我身邊飛逝。

就如日記上所寫的，這是邊騎自行車雙載邊拍的影片吧。

踩踏板的男友先生稍微轉過頭來看這邊，我說了什麼。就算不是當事者也能感受到當時的歡樂氣氛，非常單純且愚蠢的影片。

我重複看這個影片，手工的拙劣回憶讓我微笑。

只不過，在這之中我突然發現，我平靜的心情承認了這個情緒的流動。

不是寂寞也不是憧憬，一種無法正確形容的感情在我心底流動。

「今天的我」不是這個影片的當事人，那讓我感到有點落寞，也對看起來相當開心的「昨天的我」有類似憧憬的心情。

但是，但是啊……今天或許也保證會有不輸給昨天的喜悅與歡樂。由這位神谷透同學，一個有著陌生名字的男生帶給我的。

我的嘴角微微上揚。

「好！」我轉換心情，開始準備。今天和這位男友先生還有小泉，我們三個人約好一起去水族館。

愛操心的父親送我到最近的車站，接著我才坐電車前往都心。因為車子抵達時間的關係，我在集合時間五分鐘前到達。

在目標的大時鐘底下，我看見小泉手拿野餐籃站在那邊。

「咦？小泉，怎麼啦，妳要去看住在森林中的奶奶嗎？」

當我對她拿著籃子的事情開玩笑後，平常總會立刻回應的小泉做出了不自在、不知所措的舉止。

「啊……嗯，其實就是這樣，我有偷藏了一把戰鬥刀，如果遇到大野狼，我就要把牠全身扒掉。」

「妳說的全身，就是指毛皮了吧？」

「我想要走在今年冬季的流行尖端。」

說著這類班上同學老是覺得完全跟不上我們的對話，我產生了疑問。

是身體不舒服嗎？我感覺小泉有點心不在焉地回應我。
接著我發現，她手上的籃子，和照片中男友先生的籃子很像。
「話說回來，這是男友先生的吧？」
「咦？啊、啊啊，嗯。」
小泉明顯慌張起來，接著我立刻明白原因了。
「其實……神谷剛剛還在，他家裡似乎也發生了很多事情。」
從小泉口中聽到整件事的始末，說到西川景子，那是男友先生喜歡的作家。
「這樣啊，原來是他姐姐。我對純文學不太熟，她很有名嗎？」
「今年芥河賞最有希望得獎的入圍者。」
「什麼？真的假的？」
小泉很認真地回答，此時她已經恢復成平常的樣子了。
「我是這樣覺得啦，這次她的作品會出版，也是因為入圍了芥河賞才急忙出版單行本，但出版前的評價就很高了。我認為，把自己與社會的鴻溝描繪出來的東西是文學，她把這個……」
小泉接著非常熱烈地評論這個作品。小泉是個嚴以律己也嚴以律人的人，能讓小泉誇獎，肯定是很出色的作品。
而寫出這個作品的人，竟然就是男友先生的姐姐。

「我好好奇，是怎樣的人啊，有照片之類的嗎？」
「她完全沒露過面，得到新人獎的時候也沒有在雜誌上放照片，大概是很討厭拍照吧。所以我也很好奇，就跑去看了，雖然這樣說不太好，但她和神谷完全不像，是個冰山美人。簽名會場也非常狂熱，她要是得到今年的芥河賞，應該會引起大騷動吧。」
「原來如此，男友先生的姐姐，是小泉這一型的冰山美人。」
「真織，我拜託妳別記這種事情。」
既然這樣也沒有辦法了，我們只好先行前往水族館。
其實我很想要見傳說中的姐姐一面，但以會場那種狀態來說，應該很困難吧。
搭乘地下鐵約十五分鐘左右便抵達水族館，我國中以後就沒來過，這也是第一次和小泉一起來。
我問她要不要先吃便當，但最後決定先在館內逛逛。我們輪流拿裝著便當的野餐籃，入館後兩人一起去看魚。
會遺忘的記憶。不能累積的記憶有意義嗎？
我一瞬間浮現消極想法，但色彩繽紛的魚群優游的光景讓我找回童心，感覺心靈被洗滌了一番。
「啊，找到了。」
就在觀賞途中，小泉似乎找到了什麼而大叫。

視線前方，是隻如鳥振翅般在水中前進的灰色大魚。

「魟魚？妳喜歡魟魚？」

「嗯，我沒說過，但我非常喜歡魟魚。」

我原本想說些玩笑話，但在看見小泉認真的表情後決定不說了，取而代之的是問她喜歡的理由。

「這樣啊，妳喜歡牠哪一點？」

「大海的，紳士。妳看牠的泳姿多優雅。」

小泉簡短回答後，孩子般地貼在水槽旁看著魟魚。

這樣的小泉，輕聲脫口而出——

「或許有人會覺得那是怎樣的父親，但我覺得魟魚和我分居中的父親很像。」

我很喜歡她，雖然她一臉泰然地和我相處，但我認為，好朋友有失憶症應該是件很麻煩的事情。

關於這件事，我的日記中寫著「我只做我能做的，也只做我想做的，所以妳別在意」或是「我是自願做這些事，如果不想做的就不會繼續，就只是這樣」等等。

這讓我心理負擔少很多，而眼前這位心地、外表都美麗的少女，應該連我的心理狀態都考慮在內，計算之後才說出這種話吧。

稍微逛了一圈後，我們走到類似中庭的寬闊場所。在長椅上坐下，雖然有點晚，但我們開始享用男友先生親手做的便當。

因為有三人份，籃子還滿重的。男友先生大概若無其事地提著這個吧，這讓我覺得真不愧是男生。

確認便當的菜色後，我們嚇了一大跳。

「哇塞，神谷超級用心耶。」

「真的耶，這大概比上週更豐盛。我拍個照吧。」

以散壽司為主體的便當色彩鮮豔，排列整齊的樣子可以感受到男友先生的個性。細心煎好的蛋切成漂亮的金絲，還有很正統的醃漬鮪魚，讓人不禁懷疑這根本是買來的吧。撒上白芝麻的小松菜，看起來營養很均衡。旁邊還放著方便分食的長筷與紙盤。

兩人一起拍照，立刻開始分食。裡面有很多配料，每次咀嚼都能品嘗到醋飯和配料之間絕妙的合奏，連咀嚼都是件很享受的事情。

途中小泉連照片一起傳訊息給男友先生，但他沒有回覆。

籃子中還有水壺，把裡面的東西倒進杯子後，清爽的水果香氣竄進鼻腔。這個大概就是那個叫格雷仕女茶的紅茶吧。

「這個香氣，感覺我好像有記憶耶。」

我低語後，小泉深思。

「記憶與香氣之間的關係啊……原來如此，這類東西妳就會記得啊。」

「雖然我不知道是他泡茶給我們的記憶，還是更早之前的東西。」

散壽司非常好吃加上肚子餓了，而且機會難得，我們決定兩人一起把它吃光，並且邊聊天邊開心地享用便當。

吃完後說聲「我吃飽了」，又喝了口紅茶。

突然聽見小孩子的歡聲，轉過頭去在離我們稍遠處，有個小孩拉著母親的衣袖，父親在旁邊微笑地看著兩人。

毫無準備之下，話語就從我的口中傾吐而出——

「十年後，我想應該不會到二十年後，大家應該都結婚了吧？」

邊看著那家人邊說道，我感覺小泉轉過來看著我。

「我……也能結婚組織家庭嗎？」

「妳怎麼突然說這個？」

「對不起，我突然有點怯弱，擔心自己的病沒有辦法治好。」

我有點尷尬地笑。

小泉靜靜注視著天空。

「這樣啊，但是，我想我大概不會結婚，應該是結不了婚，那到時就開心過生活吧。」

大概是體貼我吧，小泉用稀鬆平常的語氣回應我。

但我想應該沒那回事。不論異性、同性，很多人私底下都很喜歡小泉，只是小泉表面上會和其他人來往，卻不會輕易深交。

那大概與父親分居中這類和家人之間的事情有關。

為了要模糊這類沉重的心情，我故意開玩笑──

「開心過生活，和永遠是個高中生的我嗎？」

「這個玩笑第一次聽到，很有趣很有趣。」

「小泉，謝謝妳喔，願意和這樣的我在一起。」

「所以說，妳真的不用在意啦。」

「因為妳是喜歡我才和我在一起，要是不喜歡了，就不會繼續做下去了對吧？」

「哇，那個台詞好像乖僻的人會說的話，好遜喔。」

結果，收到回覆，男友先生現身在我們面前時，已經是太陽開始下山的時刻了。

「對不起，今天毀約了，真的對不起。」

我們在水族館外面的長椅前會合。

第一次認真注視的他呼吸急促，或許是從車站跑過來的吧。

「你不用用跑的過來也沒關係啊。」

我說完後，男友先生邊調整呼吸邊說──

「日野，真的很對不起。還有，也對綿矢很抱歉。」

小泉也無言地直盯著這樣的他看，最後像是「真拿你沒辦法」般地用力嘆氣——

「哎呀算了啦，我心胸寬大，就原諒你了。」

「那麼，心胸狹窄的我，要求和男友先生的下一次約會。」

聽見我這句帶有玩笑成分的話，男友先生溫柔地笑彎嘴角。

「我知道了，日野，那下次三個人的時間能配合時，我們去遊樂園吧！門票我幫妳們出一半。」

比起他請客，約好下次出去玩更讓我感到開心，讓我不小心輕鬆回應——

「喔，好慷慨喔。」

「出一半還真有你的風格啊。啊，但是你不用請客啦。」

要是太晚我的雙親會擔心，所以三人朝地下鐵方向走去。

「啊，對了對了，今天的便當也非常好吃喔，謝謝你。」

途中把野餐籃還給男友先生，他接下後，用著讓人感覺有點不切實際的表情微笑。

接著在回到家前，三人在電車裡也開心地聊天。

和男友先生說話的時間明明很短，但不可思議地，那是段可以敞開心胸，令人安心的時光。

8

那位套裝女子指定的咖啡廳，就在商業大樓的頂樓。

服務生領我到窗邊位置，那裡可以俯瞰城市，我從來沒有到過這類地方的經驗。

在等待姐姐的時間裡，我緊張地點了杯紅茶，並決定讀那位套裝女子給我的書。那是以前在雜誌上讀過的作品。

姐姐的事，告訴綿矢「我知道」的事，對日野爽約的事，各種感情與情緒交雜讓我靜不下來，遲遲無法進入小說的世界。

但在我為了消磨時間而面對文字時，不知何時我已開始專注其中，不停地往下讀。

從何時……是從何時開始？

我失去了時間感，當我不經意抬起頭，姐姐已經坐在我對面了。

「阿透，你是不是瘦了？」

我的簡潔、優雅又溫暖的存在。姐姐身穿簡單卻很高雅的藍色襯衫，那也相當映襯她的黑長髮。

我不知道再見到她時該說些什麼，但姐姐和我說話的態度太過自然。我泫然欲泣地微笑後，盡量裝作若無其事地回應——

「有嗎？我平常不會量體重，所以也不知道。但應該有長高一點。」
「這樣啊，我有句台詞一直很想說一次看看，可以嗎？」
不怎麼有表情變化的姐姐突然微笑，先講前提才說正題這點也很有她的風格。
「可以啊，什麼？」
「才一陣子沒見，你長大了呢。但你還是和以前一樣，一專心看書就完全看不見周遭了。」
這台詞讓我不禁苦笑，接著，令人懷念的遣詞用字揪痛了我的心。
姐姐的遣詞用字和舊小說中的登場人物很像。
而且她使用得非常自然，一點也不奇怪，有種久違了的感覺。
「姐姐似乎也沒變。」
「是啊。」
大概才進店裡不久，姐姐便向服務生點紅茶。明明一年半不見，我們之間卻有著昨天才分別、今天再次見面的氣氛。
「你是剛好來這家書店嗎？」
姐姐問道。雖然正如她所說，但我有點不知所措。
「嗯，今天有點，那個……我有點事，然後想說順便，也還有時間就去書店逛逛。看見有西川景子的簽名會，嚇了我一大跳。」

「這樣啊，然後呢？你拿著野餐籃是要去哪裡嗎？」

姐姐帶著戲弄的眼神看我，讓我慌張起來。

「沒，就和學校的朋友，但沒有關係。」

「女生嗎？」

「啊……嗯。」

「阿透也長大了呢。但是，和朋友約定的事情真的沒關係嗎？讓你等還讓你變更行程，真的很對不起。」

「別那麼在意，我也很想和妳說話，然後那本書是？」

沒拒絕她要求的我也不好，所以我想換個話題，便提起發售中的書。

聽她說，光書腰加上「芥河賞入圍作品」，銷售量就有明顯不同，所以才會急忙出版。而且出版的事情似乎在網路上引發了話題，姐姐也沒想到會有這麼多人來簽名會。

「這樣啊，姐姐妳真厲害。我在雜誌上看到妳入圍時超開心，妳的夢想就快要實現了呢。」

我深感佩服地說完後，姐姐淡淡一笑。

「還不知道會不會得獎，你太性急了。而且，能不能一直寫下去才最重要。就算得到芥河賞，多得是無法持續下去的人。我已經決定要當小說家活下去，因此比起得獎，能繼續寫下去更重要。」

姐姐做了一個深呼吸後繼續說——

「而且這是犧牲了家人、犧牲了你而做的事情啊。」

看著姐姐自嘲般這樣說，我不知道該說什麼才好。

自從身體孱弱的母親因為心臟病過世後，當時國一的姐姐便接手了家裡的大小事。

父親因為母親過世而消沉，我也才剛升上國小一年級，不僅根本派不上用場，還是個大包袱。

從打掃、洗衣、做菜、倒垃圾到照顧我，姐姐放學回家後沒有一刻可以休息。

而姐姐唯一的樂趣，就是在做完所有家事後看小說。

父親從年輕時就立志當作家，因此我們家有非常多舊書。姐姐都看這些書度過時光，姐姐也曾經對我說過——

『對我來說，書不是用來讀的，而是一個造訪的地點。』

我也不知道姐姐是從何時開始寫小說的。

但我知道她在我和父親早早上床睡覺時，會偷偷摸摸寫些什麼。我也知道她在國三時，作品曾被選為地方的文學獎佳作。

但姐姐絕對不會把這種事情告訴父親。似乎是因為父親好不容易從失去母親的傷痛中振作起來，她不想要再刺激他。

父親是個非常軟弱的人。

靠著寫小說才好不容易得到活下去的力量，他就是這樣的人。

後來升上高中到畢業為止，姐姐也不曾停止寫小說。

高中畢業後，姐姐到製造汽車零件的承包工廠當事務員。

其實她是想要當公務員，但這附近的公家機關近幾年都沒有招募高中畢業的職位，所以也沒有辦法。

姐姐一邊工作，一邊和父親一起支撐家計，寫小說的時間因而減少，但她也不曾中斷寫作。她偷偷投稿父親現在仍持續挑戰中的新人獎，那年六月投稿的作品，在十月時留到最後一關。

那是被譽為芥河賞登龍門的獎，少有才十幾歲就能留到最後一關的人，簡直可說是壯舉。

雖然沒有得獎，但姐姐有了負責的編輯。編輯給姐姐許多建議，但姐姐能寫小說的時間很有限。

早上起床後先做家事，白天出門工作，晚上回家後要做晚餐。因為要做家事還要應付父親，一天最多只能有一小時寫作吧。姐姐就算要上班也不曾對家事偷工減料。

『媽媽託付給我了啊，而且說起來，小說才是多餘的事情。』

這樣說著，姐姐假日的空檔幾乎都陷入昏睡，起床後會做家事，偶爾則會去圖書館，大概是去寫小說吧。

和姐姐相差六歲的我，當時也升上國一約有半年了。
雖然有參加社團，但也稍微有幫上姐姐一點忙。
我知道當時的姐姐想要放棄成為小說家，因為她在父親出門時，和負責的編輯在電話中吵架。
我無法置信。那個姐姐竟然對著話筒情緒激動地回話。
她說：就算我有才華，我也不能造成家人的困擾。
姐姐掛掉電話後的背影，還深深烙印在我的腦海中。她抱著雙手，低著頭，彷彿對所有一切絕望的……那樣的背影。
『姐，繼續寫小說吧。』
我一說，姐姐纖細的背微微一顫，慢慢轉過頭來。
『阿透……不，已經夠了。』
姐姐用想要放棄又無法徹底放棄的聲音如此說道。
『一點也不夠。我也會幫忙做家事，我會慢慢學。』
『真的，已經夠了。』
『不可以。』
『阿透，你怎麼了？』
『妳會在我做錯事時罵我，所以我也要罵妳，妳不可以這麼輕易放棄，拜託妳，那是妳的夢想吧？想要成為小說家。』

我繼續說道，姐姐無言地看著我，我又拚命繼續說——

『妳也不需要一直待在這個家裡，爸爸由我來照顧就好。』

如果說我渺小的人生有什麼值得誇讚的，大概就是說出這句話吧。但麻煩的是，我還只是個才小學畢業半年的小孩。

就算忍耐著還是紅了眼眶，淚水一滴一滴往下掉。

其實我非常害怕，害怕姐姐離開我的生活。

即使如此，我還是想要支持姐姐。

姐姐猶豫地一度看向地板後才抬頭看我。

『我明白了，那麼，我們一起努力吧。我也不會放棄繼續寫作……好不好？』

從那之後，姐姐開始慢慢教我做家事和煮菜，要我重視、注意衛生感，這是她做家事時很重要的主軸。

下午六點結束社團活動回到家時姐姐已經在家，我也幫忙做家事。

姐姐工作很忙，在我學會家裡的事情後，會提早結束社團活動繞去超市再回家，一個人準備晚餐，也會把浴缸洗好。

父親回家後，就若無其事地讓他吃我做的晚餐、要他去洗澡。

這種時候，我會很驕傲地等待姐姐回家。

經過一年，大多家事我都自主學會了。
姐姐的負擔減少，能讓身體休息和寫小說的時間也增加了。
我家的電腦只有父親那一台，姐姐在工作中會用電腦，但當時是用手寫小說，我就陪在她身邊一起念書。
接著，在我確定考進想念的高中，那個冬天結束的那天。
早上，姐姐相當早起做著什麼準備。
父親還在睡。當時我和父親睡同一個房間。
我之後才知道，姐姐從我升上國三開始，已經慢慢準備辭職了。
我躺在父親身邊的被窩中看著天花板，靜靜領悟別離。
『要走了嗎？』
我小心地不吵醒父親離開被窩，問向在玄關穿鞋的姐姐。
原本坐著的姐姐站起身，轉過頭來用她清澈的眼睛凝視著我。
『阿透……』
我已經不是當年的小孩了，已經不是努力忍耐也止不住淚水的年齡，已經能好好說出送別者該說的話了。
『路上小心。』
我說完後，姐姐拿起行李。

『嗯，我出門了。對不起……真的對不起。』

『我們才要說對不起，一直剝奪姐姐的可能性和時間，對不起。』

『才沒那回事，但以後可能會讓你過得很辛苦。』

『和從國一就自己一個人做到現在的妳相比，這根本不算什麼。西川景子小姐，一路順風。我會支持妳，永遠，永遠。』

『阿透，謝謝你。』

那天，姐姐從熟悉的家裡朝外頭的寬廣世界啟程了。

在那半年之後，名為西川景子的新人作家獲得《文藝界》新人獎。

接著在一年半後，以其他作品入圍芥河賞。

僅僅一年半，我想否定姐姐口中的犧牲，開口說——

「我才沒有覺得是犧牲。妳沒辦法做妳一直想做的事情，現在終於能辦到了，我很開心。姐姐，真的很恭喜妳。」

姐姐對自己感到羞愧而低著頭，聽到這句話才抬頭。

有點遲疑地沉默一段時間後，她淡淡微笑。

「謝謝你。你似乎瘦了點，但看到你很有精神真是太好了。先不論會不會得獎，我其實是想要等到芥河賞公布之後再和你見面……」

「妳今天不去見爸爸一面嗎？」

「不見比較好，畢竟不管怎樣，我現在都還是半吊子。」

我突然想起父親寫小說的背影。想要成為小說家的父親，和已經成為小說家的姐姐。但父親還不知道姐姐的事情。

「爸爸還想要成為小說家嗎？」

大概發現我在想什麼，姐姐有點擔心地問。

「嗯，現在也常常在寫些什麼，有時候還會拿這個當理由請假。比起那個，可以說些妳的事情給我聽嗎？」

我努力忘記父親，接著和姐姐聊了許多事。

主要是我聽姐姐說話。姐姐離家之後，邊在東京的書店打工，邊埋頭苦寫小說。簽名會陪在她身邊的人是她的責任編輯，從以前就給予姐姐很高的評價。

「然後你呢？有喜歡的女孩子了嗎？」

「啊？」

我思考著在這一年半歲月中不變的事情，以及產生變化的事情。

日野無邪的舉止與笑容，目不轉睛盯著我看的表情閃過腦海。

這在對話當下的一瞬間表露出來了吧。

大概察覺到什麼，姐姐莞爾一笑。

即將有個人，會成為我心中比姐姐更重要的人，不對，是要成為與姐姐同等重要的人。我寧靜，且痛切地感受到這件事。

「我……有交往對象了，但就像是朋友一樣啦。」

「這樣啊，但是件好事啊。」

姐姐宛如早就猜到一般地回應，但她的表情在下一秒轉為驚訝。

「那個女生，得了順向失憶症，只要入睡並且大腦開始整理記憶後，就會消除她一整天的記憶。」

姐姐有好些時間無言以對，一般來說根本想不到會有這種事吧，也想不到自己的弟弟會和這樣的女生交往。

但姐姐非常認真地面對我。

「你很喜歡她吧？打從心底真心喜歡。」

「嗯，我想要讓每天的她都過得很開心，想要和她一起歡笑。她每天都會寫日記，我想要用開心的事情填滿她的日記，希望每天的她看到日記後，都能稍微更樂觀一點地活著。」

我說到這兒，姐姐閉上了眼。

再次睜開眼時，她的眼睛透露出溫柔的神色，也鬆開了嘴角。

「謝謝你告訴我，或許有點太誇張，但我向上天祈禱，希望你和她能有非常多好事發生。」

「姐姐，謝謝妳。」

我說完，姐姐淡淡一笑，接著拿出我沒看過的手機操作，把自己的號碼顯示給我看。

「手機，因為需要所以我辦了一支。可以的話，和我交換電話號碼吧。」

我也拿出自己的手機，在百般煩惱之後，決定把姐姐的號碼登錄為「西川景子」。

姐姐登錄完我的號碼後，拿著手機一度低下頭。

「把爸爸的事情全部交給你，我真的覺得非常不好意思。如果你因為爸爸的事煩惱，千萬別客氣要告訴我喔。」

「嗯，謝謝姐姐，但現在是妳最重要的時期吧？我們沒問題，妳別在意。」

我又再次強調後，姐姐說著「你變得真可靠呢」，一邊笑了。看見我回以笑容後，姐姐又接著說——

「但真的太好了，你也有了重要的人。失憶症或許沒辦法那麼簡單治好，但你要盡可能珍惜那個人喔。」

姐姐現在正用柔軟的視線注視著我。這宛如空氣與水，理所當然伴隨著溫柔與溫暖的眼神，就在我與姐姐共度的時光中出現。

希望這份記憶與感觸，可以多少與對他人的心意相連結。

「嗯，我會的。不僅是珍惜她，我也會努力讓自己能這樣活著，我會加油的。」

起身離座，我伸手想要拿帳單，但被姐姐阻止了。

「不用啦，這一點錢讓我來付。」

「可以嗎？我不會客氣喔。」

「嗯，再過不久就到一個段落了，只是在那之前，爸爸就要麻煩你了。」

我們一起離開咖啡廳，和在一樓飯店大廳等候的責任編輯會合，彼此打了招呼。

聽她說，姐姐明天要去東京以外的地方辦簽名會。

我和姐姐在那邊道別，兩人都笑著說再見。

我拿出手機，剛剛和姐姐交換號碼時發現綿矢來信了，我趕緊回信給她，就約好在水族館外面的長椅和日野、綿矢兩人會合。

搭乘地下鐵，抵達離水族館最近的車站後，我在黃昏掌控的天色中快步前進。

理所當然，每個人都有著各種問題。

但那全部在此時、在現在當下，感覺在我的心中越變越小。

我已經不是無能為力的孩子了。雖然年紀還小，但已經不是那時什麼也辦不到的自己了。至少，我可以用自己的雙腳邁進。

我有想見的人。我可以用自己的雙腳，朝那個人的方向前進。

途中，一切變得無法壓抑，我開始奔跑。

我滿腦子中都是日野的臉，全身吶喊著喜悅。
開始奔跑後，心臟強烈鼓動，一瞬間還感覺到緊縮般的疼痛。
我一個踉蹌，但努力撐住沒有跌倒。大概是沒吃午餐就突然奔跑的關係吧，我不禁對自己的亂來笑了，但，能這樣就很好了。
我有個想盡快見到的人，想要笑著聊天的人。
每一步、每一個腳印，都與那個人相連結。
我又往前奔跑。那是我期待已久的，強烈衝動。

9

和日野交往經過了三週，到了期末考逐步逼近的那一天。
我和日野在放學後的圖書館裡。
身為學生，就沒有辦法逃避考試。但現在的日野沒辦法累積知識，因為她的記憶只限一天。
我邊重新想著這件事，邊看著在筆記本上寫字的日野。
「透同學，怎麼了嗎？」
發現我的視線，日野從筆記本中抬起頭來。

「沒有，只是覺得妳今天特別安靜。」
「因為在圖書館裡可不能胡鬧啊。」
「又沒關係，胡鬧也沒差吧。」
「什麼～～你別這樣，總覺得……害我想要胡鬧了啦。」
我對害臊的日野回以微笑。
剛剛，我一如往常地在教室裡問日野今天想做什麼，她說：「那麼，今天一起念書吧。」
放學後一起念書，這包含在日野以前說過的想做的事情當中。
我回答沒有問題，就一起前往圖書館。我們兩人隔著桌子面對面開始念書，到此為止都很好，但日野不停偷偷瞄我，她手部的動作很明顯跟寫字不同。
而且她只打開筆記本，沒打開課本。
我剛剛才感到不對勁，忍不住探出身體看向她的筆記本。
日野立刻慌張起來。
「咦？啊，喂。」日野的筆記本上，畫著一個毫無特徵、臉蛋平凡的男生，也就是我。
「日野，妳還真從容耶。」
我坐回椅子上後說道，日野掩飾地笑著回應——

「哎呀，那個啦，適時放鬆也很重要啊。」
「說什麼放鬆，妳根本還沒有做正事吧。」
「嗯？我的男友先生現在是不是說了什麼色色的話？」
「我沒有。話說回來……妳很會畫畫耶。」
日野說出奇怪的話讓我有點慌張，也單純被她嚇到了。
雖然只看到一眼，但筆記本上的畫不像出自外行人之手，可以感覺到有什麼技巧，但我沒有問過她過去是否曾學過畫畫。
「妳為什麼這麼會畫畫啊？」
我一問，「啊，對耶。」日野發出這才理解了的聲音。
「我沒有跟你說過，我國中時是美術社的，也曾在比賽中獲選之類的啦。」
「好不適合妳喔。」
「哇，你好沒禮貌喔。」
「開玩笑的啦～～」、「我知道啦～～」彼此這樣說著互相笑鬧後，她讓我看她的畫。
雖然有點害臊，但我佩服的心情更勝一籌。
這應該是人物畫吧。日野筆下的畫，聽她一說確實是曾學習過美術的人才畫得出來的東西，與外行人明顯不同。

「升高中之後就放棄了，但我剛剛突然很想要畫。」

「這樣啊，畫畫啊……」

沒能實現水族館約定的隔天是週日，我突然想要仔細調查日野身患的失憶症，於是在父親寫作空檔出門散步放鬆心情時，我借用電腦連上網路。

在查詢記憶障礙的過程中，我知道了記憶大抵可區分為「短期記憶」與「長期記憶」。

「短期記憶」就像要打電話等只需短時間內記住電話號碼這類的，短時間保有的記憶。

另一方面，被稱為「長期記憶」的東西，就像我們念書時所做的，為了不忘記這件事而不停重複想起，讓記憶固定在大腦中。

順向失憶症指的是無法將新的「長期記憶」固定在大腦當中的症狀，但並非所有長期記憶都會消失。

講更細一點，長期記憶還分為兩類。

「陳述性記憶」與「程序性記憶」。

陳述性記憶如字面所示，是可能像紀錄類的記憶，知識等東西就屬於這個。昨天做了什麼等實際發生的事情也包含在此，所以一般所說的記憶幾乎都是在說這個「陳述性記憶」。

而我現在最在意的是後者「程序性記憶」。

這是指沒有辦法陳述出來的記憶，最簡單的例子就是騎自行車。

自行車大都是靠感覺去騎，就算失去一天的記憶，這個記憶不是固定在大腦中，而是固定在感覺中，是用身體記住的記憶，所以不會消失。

我沒有更仔細查，但日野現在畫畫的這個行為或許也是分類在「程序性記憶」中。

感覺找到什麼的我，把筆記本還給日野，無法掩飾興奮地繼續說——

「真好，該怎麼說呢，有這種特技，可以當成興趣的東西。」

「是嗎？但是，我也沒有畫得很好。」

日野很謙虛，但我感覺到她似乎很開心。

「我就只會看書，所以很羨慕這類的特技。而且這種東西就跟騎自行車一樣，只要學會之後就不會輕易忘掉。」

「……咦？啊～～嗯，我也不清楚耶。」

日野被我說的話嚇了一跳，但我裝作不知道日野的病況，只是想要炫耀知識地開始說起「短期記憶」和「長期記憶」。

我也說了，雖然知識對畫畫也很重要，但應該也與身體感覺的「程序性記憶」有很大的關係。

畫畫只要畫越多也會畫得越好，身體會記得這些。

日野聽完我說的話之後，意識像飛到不知名的地方，露出心不在焉的表情。我有點擔心，開口喊她——

「日野，妳還好嗎？」

「啊，唔、嗯。對不起，我想了一點事。但是……這樣啊，程序性記憶啊。」

說完後，日野又露出思索的表情。她接著脫口問——

「程序性記憶不會消失嗎？」

「得失憶症的人會忘記怎麼騎自行車嗎？」

我知道自己正提及一個大膽的話題回答後，日野深思——

「我覺得，應該不會忘。」

「那麼，就是這麼回事吧。」

「這樣啊。」

「嗯。」

「這樣啊這樣啊。」

下一個瞬間，日野原本費解的表情皺了起來。

那與其說是得意的微笑，應該更接近燦爛笑容，我覺得那像是想要隱藏住喜悅又藏不起來的表情。

這天沒有做什麼特別的大事，我把作業寫完，日野則一直在筆記本上畫畫。

前往車站途中，我好奇問——

「今天這樣就可以了嗎？感覺好像沒讓妳過得太開心。」

「嗯？不不不，完全沒問題。有點，應該說我有個大發現，而且畫你的臉也很有趣。」

大發現……啊。

雖然是不經意說出的想法，但如果能讓日野的日常產生一點改變，我也很開心。養成畫畫的習慣，讓每天的自己開心一點。

結果，人類還是自己心中擁有的最強大。

我邊想著這種事情，嘴巴卻邊說出與心思相反的完全不重要的話——

「老實說，我希望妳別畫我的臉，實在太害羞了。如果要畫，就畫綿矢吧，綿矢的臉非常端正啊。」

說完後，日野故意擺出「唔嗯」的思考動作。

「也就是說，男友先生喜歡小泉那樣的臉囉？」

「不，我沒這樣說吧。」

那天在那之後，我陷入了不停遭受日野戲弄的窘境。

隔天之後，我明白了一件事。

如同騎自行車雙載時那時，日野受近期日記的影響很深。

那天也和前一天相同，她說要到圖書館念書，然後一直畫我的臉。

就這樣度過週末後，進入了期末考週。

日野雖然會參加考試，但那只是形式而已，沒有什麼意義。

期末考週加上綿矢三個人一起念書時，她也是躲躲藏藏地在筆記本上畫畫。綿矢也知道日野開始畫畫了。

她似乎聽說了是我建議日野畫畫的，上週移動到其他教室上課的途中，我的背突然被狠狠打了一下。

我很肯定沒有人能夠馬上理解，這就是綿矢的慰勞方式。

我轉過頭，綿矢的手放在我的背上，露出富含深意的微笑。

『那麼，為什麼你都從真織口中知道失憶症的事情了，卻還想要隱瞞呢？』

而她在此提起如此嚴肅的事情，肯定連不在場的日野也無法察覺吧。

『日野想要隱瞞，那麼，我覺得也沒必要特地說出來吧。』

彷彿想試探我這句話的真意，綿矢半信半疑地看著我。

仔細想想，這也是個機會，我下定決心後告訴綿矢——

『其實我也從她口中聽到她連班上同學也隱瞞的理由。』

綿矢聽到後似乎很驚訝，「咦……」了一聲之後啞口無言，我又繼續說——

『我稍微能理解日野感受到的不安與恐懼，那當然很恐怖啊，這世上又不是只有好人，肯定會有想著她只有一天記憶，那要做什麼都可以，或是知道後會這麼想的人出現。對欺負人、對人亂來的人來說，這狀況再好也不過了，因為不管做什麼，她都會忘記啊。』

我話說到這邊，綿矢緊張地繃緊了身體。

『你……能保證你不是那種人嗎？你不會對真織做那種事吧？』

『那還用說。但我們班的風評不太好，實際上也真的發生欺負人的事情。自己的男友是這種班級的人，而且還知道她有失憶症，那麼……每天的日野會怎麼想？應該會很不安吧。』

我不知道日野在記事本上怎麼描述我這個人與我們交往的原因，但應該有寫上我向她告白是因為班上同學惡意指使的。

綿矢不知道我和日野之間的這件事，這也會成為不安的因素。

『所以，你不說？』

『對。』

說實話，我想要和綿矢一樣，成為知情的人並在旁幫助日野。

但我並非她失憶前認識的人，雖然幾乎每天放學後都一起度過，但有決定性的不同是，我和日野根本不曾認識過。

在我思考這絕對無法弭平的距離時，綿矢開口——

『我其實覺得你們很快就會分手，現在也這樣覺得。』

綿矢邊說著這聽起來相當狠毒的話，又突然輕聲一笑。

『但是……嗯，聽到剛剛的話，我感覺我稍微了解你了，你是個好傢伙真是太好了。但是啊，你會不會背負太多辛勞了啊？我是不會詳細問你，但你姐姐應該也有些什麼事吧？你可別突然倒下啊。』

聽見她這不知是認真還是玩笑的話，我含糊地微笑。

『到時候，後續的事情就交給妳了。』

『什麼？要我代替你？嗯，我也算是可以在寶塚演男主角啦。』

『其實男主角或許是日野喔。』

『我真不想看你穿那種輕飄飄的衣服耶。』

在那之後，我和綿矢就不曾說過嚴肅的話題。我們約好真的困擾時就互相聯絡，在日野面前一樣扮演與平常無異的兩人。

而綿矢在放學後的圖書館裡，稍微對正在畫自己臉的日野抗議——

「真織，妳要畫我的臉可以，但可以不要畫我皺眉嗎？」

「不，我再次確認了小泉的臉真的很端正呢，就是『可惡啊這傢伙』的感覺。」

「真是的，妳在說什麼啊？喂，男友先生你也說些什麼啊。」

綿矢胡亂拋話題給我，但我相當輕鬆地回應——

「我覺得日野的臉也很端正喔。」

「咦、你說真的嗎？你愛上我了嗎？」

「是啊，超愛妳的～～」

「哇～～好高興喔～～」

「你們啊，說話帶點感情啊。」

過著這般日常的生活時，我突然想到一件事。

雖然每天稀鬆平常地過著校園生活，但終究會迎來暑假。

到了暑假，日野會怎樣？

早上醒來，得知自己有失憶症。讀完記事本、日記後慢慢接受自己的狀態。白天不需要上學。

在過剩的時間與燦爛陽光當中，她會想些什麼？

在這種時候，至少能有什麼興趣安慰她會是件好事。

只要決定好題材，也可能延續昨天的自己繼續作畫。

現在這種狀態的自己也能完成什麼事情的經驗，對她來說應該有加分效果。

那個週末其實很想要帶日野去遊樂園，但碰到期末考週，於是往後順延。水族館出遊以後，已經連續兩週沒辦法實現與她的約定了。

上週先是日野有私事，接著換我們社區的居民自治團體有事。

日野沒有明說，但她似乎每個月為了檢查還是什麼的，需要去醫院一趟。

進入七月。因為是第一學期的期末考，有整整五天都在考試中度過。考試期間我們三個人一起到圖書館，日野仍是相當好奇地看著我，接著偷偷在筆記本上素描。

我雖然感到不自在，但也默默地當她的模特兒。

接著考完試，期待已久的週六終於來臨了。

我們三人一起去遊樂園，我陪著日野和綿矢連續坐了三次雲霄飛車。其實我是第一次來遊樂園，但我終於知道這裡是個恐怖的地方。

因為我看起來太痛苦了，大概覺得我很可憐，日野頻頻問我還好嗎？我在此回應奇怪的回答——

「不，沒有關係，不用在意。可以這樣和日野挑戰新事物，很開心也很新鮮。我總是想要帶給妳歡樂，所以……」

她們兩人詫異地看著我，讓我頓時有點慌張。

「咦？怎麼了？」

我一問，綿矢邊搔臉頰邊說——

「沒有啦，該怎麼說呢……你啊，偶爾會很自然地說出很令人害羞的台詞耶。」

她這句話讓我差點臉紅，我趕緊提議去吃遲到的午餐，藉以轉移話題。午餐後我們三個人一起逛遊樂園，在天空開始染上橘紅時，聊起了暑假的話題。

升學班的綿矢應該要開始準備大考了，她卻避免提起這件事。

大概是為了日野著想吧。她抱怨自己大概除了幫忙母親工作和看書外，沒其他事可做。

我也沒什麼興趣，感覺暑假生活和綿矢沒有太大差別。

「日野要畫畫嗎？」

詢問著沒參與我們對話的日野後，她點頭表示打算這麼做。

這樣說著，日野不禁脫口而出「夏天啊」。

對日野來說，昨天還是春日，早上醒來不知何時已經是夏天了。那肯定是無法用驚訝等言語來形容的，是令人感到落寞的事情。

「啊，但是啊，你們兩個人真好，反正是情侶，想一起出門都能出門。」

我們兩人話越變越少，綿矢開口插話，我也回應——

「再三個人一起去各種地方玩吧，要去祭典也行，要放煙火也不錯，就這樣盡情享受吧。」

黃昏，帶來黑夜的同時，偶爾也帶來憂愁。

我想要在此時的氛圍中加入一點活力，所以如此說道，日野卻停下了腳步。

望向遠方的她轉回頭看我。

「說得也是。」

她淡淡地虛幻一笑。

夏天，已經近在咫尺了。

這個夏日總是僅此一回

1

八月四日（週一）　暑假

在自家的早晨：沒有特別變化。
在自家的白天：素描。我在想要不要替暑假制定具體目標張數。明天的我會怎麼想呢？完成三張簡單的靜物素描。
今天的男友先生：四點到圖書館去時，他在自習室裡看參考書。聊天。
男友先生似乎在讀書空檔為了我看美術類書籍，介紹好幾本書給我。而且不只介紹，還整理重點告訴我。
提升繪畫能力有很多方法，其中一個重點就是快速描繪。
看著對象用連大腦思考也追不上的速度迅速描繪，這可以將感覺層面提升到極限。一般稱之為「速寫」，和描繪靜物的素描不同，速寫是畫人類等等有動作的對象。

這讓我思考了許多。我覺得鍛鍊感覺這件事很適合現在的我。

而且我記得國中美術老師也確實說過速寫非常重要。

我在記事本上建立了新的項目，把我對繪畫的想法整理在上面，參照那邊（參照記事本的「美術頁面」）。

話說回來，男友先生這麼熱中幫我，他自己的課業沒問題嗎？我一問，他笑著打哈哈，好像有點可愛。

那之後，我們兩人一起去圖書館附近的文具店，買了紙張比素描本薄，頁數也較多的大本的速寫本。

為了紀念，節儉的男友先生請客。

下次換我請男友先生喝個茶吧，明天之後的真織們，拜託啦。

外頭蟬鳴嘈雜，告訴我夏天真的來臨了。

天氣熱到室內不開冷氣就無法舒適生活，黏膩的汗水染濕肌膚。

時間拋下我不停往前進。

「地球，別繼續轉動啊。」

胡亂朝地球抗議後，我最終放棄了，再度打開冷氣。

早上起床已經暑假了，真的讓人笑不出來。

不僅如此，我現在處於完全無法累積知識的狀態。

帶著偷看的心情，我看著自己的右手中指。

雖然不會對別人說，但其實我很喜歡自己的手，中指上有握筆長出的繭。

這是我考完試進入高中後，每天也長時間握筆的證據。是努力的證明。

我不是天才，只能靠著一步一腳印累積學業能力。努力有了回報，我二年級進入升學班，但現在，手上的繭也越變越薄。

我已經無法努力，正確來說是努力也無法提升學業能力。

這讓我，有點想哭。

即使如此，到了下午我好不容易整理好心情，也確認了自己的狀況與交友關係。

夏天是戀愛的季節。

這樣的我現在有男友。

桌上速寫本的頁面上，畫著我幾乎沒有印象的少年臉龐。

這位鵝蛋臉的少年，似乎是我的男友。

速寫本上還畫了其他各式各樣的東西，也有只有人物動作的畫。

升高中後，為了專注在學業上，我原本打算放棄美術，但昨天之前的我進入暑假後，似乎每天都在畫些什麼。

或許就是因為這樣，我手上的繭才沒有完全消失。

從不久前才購買的速寫本上幾十張的畫，還看不出技術有革命性進步。但我確實逐漸熟練，雖然像是龜速爬行，但確實有進步。

而且我會再次拾筆畫畫，似乎是受到男友先生所說的話影響。名為「程序性記憶」這相當專門的東西，昨天的真織們以此為線索思考後，導出了這個結論。

就算現在這種狀態，或許也能保有「程序性記憶」這項感覺的記憶。也就是說，我能越畫越棒。

實際上他真的說對了，過去的畫證明了這一點。我很好奇也上網查詢，得知「程序性記憶」又被稱為「技能記憶」，除了畫畫以外，練習樂器等等似乎也有效果。

沒特別要做什麼事的我參考記事本的「美術頁面」，嘗試了速寫，這是最近的真織們在速寫本上練習的技法。

在電腦播放西洋電影，看到喜歡的畫面就停下來，以登場人物為模特兒。

不是用大腦思考，而是用手，意識著感覺完成。

如國中時幾乎每天動筆那般，順利地完成一張畫。

和當初的東西相比，我的線條筆觸確實有所進步。

每天的我是這樣消磨時間的嗎？這的確相當開心。

越來越熟練的畫筆軌跡上，有昨天的真織們。

這是現在這種狀態下的我也能持續做什麼，能夠完成什麼，能夠有所成長的證據，讓我好開心。

當我專注地又畫完一張時，我發現手機閃爍著通知燈光，是小泉發來的訊息。

《唷～～過得好嗎？》

我拍下畫到一半的畫傳給小泉，她相當驚訝。

《超棒！妳真的一天比一天還進步耶》

《還差很遠。但這還滿有趣的耶，也是消磨時間的好方法》

《我要是也有這類美術類的興趣就好了》

《這麼說來，我沒有看過妳的畫耶，那是怎樣的感覺啊？》

《大概是死後數千年後就會受到高度評價的感覺》

《那已經不是美術價值，而是考古學價值了吧》

要是談起現在這種狀態的壞事會沒完沒了，所以我努力告訴她好事。而這之中最重要的，是我在生病前就已經認識小泉這一點吧。

和她聊著微不足道的事情，我感覺到單純的享受與安心。

《話說回來，妳今天也要和神谷見面嗎？》

《嗯，約四點在圖書館會合》

《好青春喔》

《小泉，妳偶爾會很像個大叔耶》

看重點整理的日記內容，我暑假似乎每天都會和男友先生見面。前一陣子他介紹美術的書給我，在那之前還帶我到電子遊樂場。他似乎夾了玩偶給我畫素描用，那天的我相當開心。

但現在沒看到那個玩偶，似乎是當天就收到哪裡去了。日記上也有寫理由。其中有著一點複雜的心情，因為想要他夾娃娃給我的都只是「那天的我」。

隔天，只留下玩偶與這是男友先生夾給我的事實，「隔天的我」或許會感到困惑，會覺得一點也不有趣。

我心想「真是麻煩的女人」，但實際上或許就是如此。

那之後又和小泉傳了一下訊息，再次回到速寫上。

閱讀借來的美術書籍，重新看昨天的真織們看過的部分。

今天我決定試著意識時間，快速畫畫。

決定五分鐘畫一張，速寫喜歡的洋片中的人物。

五分鐘要畫一張畫相當難，但我只要每天持續，技術或許就能確實提升，我也有這種手感。

就這樣，過了下午三點，我簡單地噴上香水、換好衣服，騎自行車去圖書館。夏日的觸感纏繞在我裸露在衣服外的肌膚上。
從我家到圖書館，騎自行車不用十分鐘，而從男友先生家則似乎要花三十分鐘，但他幾乎每天都會為了我來。
「啊，找到了找到了，今天有好好在念書啊。」
「日野，別擔心，我有認真念書。」
抵達圖書館，走進自習室一看，我發現速寫本上的他。根據記事本內容，他總是穿著相同打扮、坐在同一個位置，非常好找。
小泉這個暑假參加學校的暑期講座，除此之外也為了大考去補習，相當忙碌。
老實說，如果我沒有開始練習畫畫，也沒有男友先生，我或許會被對未來的悲觀壓垮，無法保有自我吧。
男友先生收好東西，我們一起到一樓擺放自動販賣機的休息區去。
男友先生沒有要升學，打算就算稍遠一些也沒有關係，他想要到有招收高中畢業員額的市公所工作，對於考試的準備也似乎遊刃有餘。
「日野，妳今天有想要做什麼嗎？到七點應該都沒問題。」
「這個嘛～～啊，那個！我想要去看草帽之類的，難得夏天啊！但是你不可以替我付錢喔。」
我一說完，男友先生雖然有點鬧彆扭，還是爽快答應了。

「好啦，雖然很遺憾，但我也沒能力。那我們去站前的購物中心好嗎？」

決定好後，我們兩人一起到停車場，騎自行車前往站前的購物中心。

我邊看男友先生打開自行車鎖，視線突然停在車子的貨架上。

「雙載應該很危險吧？而且騎在市區應該會被警察罵。」

我想起在之前的日記中，寫到和男友先生開心雙載的內容。

我提問般說完後，他思考了一下。

「現在是暑假，要雙載可能有點困難，但或許也不是辦不到喔。」

「咦，真的嗎？」

「嗯，我們試試看吧。」

他說完後，單手握著自己自行車的握把，把腳架踢開。

接著他要我坐上坐墊，我便照著他的指示做。

他接著也握住另外一邊握把，然後直接往前走。

坐在坐墊上的我，就跟著自行車慢慢移動。

……咦？

可以理解我在說什麼嗎？就是貴族千金坐在馬上，騎士在前方拉著馬走的感覺。

該怎麼說呢？羞死人不償命的畫面。我把這取名為「公主牽」。

男友先生是天然呆嗎？他不怎麼在意，打算就這樣走出停車場。

「喂、等，欸欸欸，等等啦。」

「怎麼了嗎？嗯，就這樣到購物中心，咦……」

我害羞到用雙手摀住臉。我知道自己的臉頰發熱，如果妝化濃一點，我能厚著臉皮嗎？才沒有那回事呢。

「這、這個是那個啦，不可以讓別人看見的那種。」

好險這邊沒有旁人。大概終於發現我害羞的理由，男友先生慌慌張張放開了握把。

坐在自行車上的我變得重心不穩起來。

我的腳急忙想要著地，但坐墊位置太高我踩不到地。

啊，糟糕了，我會和自行車一起跌倒——

才這樣想著，男友先生環住我的腰接住我，另外一隻手則握住握把，避免自行車倒下。

從結論來說，我抱住了男友先生的手。

「呃！」

「啊……對、對不起。」

男友先生相當狼狽，但下一個瞬間，「呵」一聲輕笑從我口中傾瀉出來。在這個姿勢下，我的腳可以著地了，我一邊感受著他的視線一邊放開緊貼住他的身體。

男友先生把自行車立直，我看著他。

笑聲噗咕噗咕從我肚子深處往上冒，我試著壓抑卻似乎無法簡單抑止，我忍不住摀住嘴巴。

「咦？日野，怎麼了？」

不行了，我已經忍不住了，瞬間噴笑出聲。

「因，因為啊，啊，啊哈哈哈哈！這是什麼發展啦，這戀愛喜劇也太老套了吧。啊，真是的，太好笑了。而且我根本沒看過這種雙載，你為什麼能毫不害羞地做出這種事啦？」

我一說完，男友先生有點傷腦筋地搔搔頭。

「呃……那個，不好意思，我想著該怎樣雙載才不會被警察罵，就想到這樣應該行得通。但仔細想想，這樣的確很奇怪。」

男友先生說完後，露出了輕笑。

「就是說啊，然後還重心不穩被你抱住，跟少女漫畫一樣。夏天啊，好高中生啊。話說回來，真的會發生這種事耶。嚇我一跳，但比起嚇一跳，更覺得好笑。」

之後我們又想起這件事，邊笑邊騎上自己的自行車朝購物中心前進。

只逛不買也非常開心，雖然有找到想要的東西，但那天什麼也沒買就解散了。

「那麼日野，明天見囉。」

「嗯，明天見。」

我看著他騎自行車遠去的背影，心想——

雖然這樣說有點怪，但今天早上的我很嫉妒昨天的真織們。早上，我明明如此絕望，過去的真織們在日記中卻是那樣開心，實在太不公平了。

我也想要自己擁有這些開心的記憶，想要共享那份歡樂。

就和先前一樣，理所當然地做到理所當然的事……

但那不值得誇獎的情緒，也在和男友先生遊玩後的現在無所謂了。

這樣啊，昨天的真織們也是用這種心情寫日記的吧？我好像有了共鳴。

和昨天的我有共鳴，這又是種奇怪的說法。

而最奇怪的是，看到我理當不認識的他，讓我感到了些許心痛。

無法累積的資訊，以及或許留在心中的什麼情緒與想法。

我或許，快要喜歡上他了吧。

怎麼可能？再怎樣都不可能發生這種事。不，但是……或許說不準。

逛街時直盯著他看後，男友先生有點為難地微笑了。

我邊回想這些事情回到家後，吃飯、洗澡。

寫日記。在睡前的短暫時間裡面對速寫本。

將留在我腦海中，他讓我坐在自行車上牽車走的瞬間化作線條。

我抱著還不差的心情，振筆疾書。

2

八月十二日那天，是上半年芥河賞和直樹賞得獎作品發表的日子。

我從一大早就坐立不安。

父親似乎也相同，一早開始就有點神經質。

父親不知道西川景子就是姐姐。

即使如此，他還是很在意芥河賞。除了喜歡純文學這個理由外，應該還包含立志當小說家者的憧憬、不甘，以及少許類似妒忌的東西吧。

父親出門上班後，我帶著簡單的便當，一如往常地去圖書館。

我今天還帶上了隨身聽，與芥河賞相關的速報應該是網路新聞最快，但廣播節目也會播報。

上午時似乎還沒有發表得獎作品，雖然我喜歡純文學，但也不會每年即時確認芥河賞發表作品。我幾乎都是在隔天的報紙上得知的，所以也不清楚當天幾點會發表結果。

吃完中餐後朝圖書館的雜誌區走去，我尋找刊載西川景子入圍作品的雜誌，從頭讀起。這是第幾次看這個作品了呢？

兩小時一轉眼就過去，正當我想要去聽廣播時，有人開口喊我——

「那、那個……」

「咦？」

熟悉的聲音讓我抬起頭，發生和平常不同的事情了。

「日野，怎麼啦？還沒到四點耶。」

一臉躊躇的日野就站在我面前，她身穿千金大小姐風格的優雅白色連身裙，雙手握著一頂大草帽。

「嗯、嗯，那個，今天是你姐姐得獎發表的日子對吧？要不要一起等？手機可以馬上知道速報，似乎也可以看記者會的現場直播。」

我沒告訴昨天的日野今天是芥河賞發表的日子。

是她自己查的嗎？也有可能是綿矢告訴她的。

我點點頭，把雜誌放回架上後，在日野的催促下往休息區走去。

在這期間，我再次看到日野拿在手中的草帽。

「這頂草帽果然比較適合妳。」

那是前幾天，我們兩人在站前的購物中心看到的草帽。

日野在兩款草帽間猶豫，她似乎在不知何時買下了我推薦的那一頂。其實我很想買來送她，但她或許是體貼我，不想讓我勉強吧。這點也很有日野的風格。

不過，在我說完後，日野顯得有點慌張。

「咦？那個，這頂草帽有什麼嗎？」
「呃……？」
我思考她這句話的意思，應該是日野忘記我們兩人一起看草帽的事了。
那天的開心回憶，在我心中慢慢重播。
在停車場發生的害羞事情，以及那之後到購物中心逛街。
日野胡鬧地把那頂女生用的草帽往我頭上一戴，兩人一起大笑。
那是我很重要的回憶，但日野卻不記得。
但是……這對日野來說是理所當然的，因為她會忘記每天發生的事。
「那個，我今天想要去站前的大型美術社，我媽說她早上要去購物中心，所以就請她載我去。然後我也順便去購物中心逛了一下，一眼看到這個就覺得很喜歡，然後……」
日野有點難以啟齒地回答，我則拚命保持微笑。
她今天一大早就出門，而且還提早來見我。
這對日野來說肯定也是預料之外的事情，實在沒辦法。
每天確認記事本和日記也很花時間。
「這樣啊，沒有啦，沒什麼大不了的。之前去購物中心時，感覺妳好像多看了一眼，然後就有點在意，就是那個啦，觀察力太好也有點麻煩……哈哈。」
我試圖含糊帶過，說出平常不會說的話。就把我曾經思考要不要賣掉舊書來買這頂草帽的事情藏在心中吧。

日野露出有點不安的表情，但我再次誇讚她的草帽後，她也恢復平常的樣子了。

我們走到休息區，綿矢就在那邊等我們。

「果然是妳跟她說的。那個，謝謝妳特地過來，因為知道今天是芥河賞發表的日子才聚過來的吧？」

我打起精神如此說完後，「啊，嗯。」綿矢有點擔心地回應。

「連我也突然跑過來真的很對不起，打擾你了嗎？」

「才沒那回事，老實說我完全靜不下來，妳真是幫了大忙了。」

「那太好了。機會難得，大家一起等吧！我也很靜不下來。」

根據綿矢調查的結果，每年發表結果的時間都不同，但預定在網路現場直播的得獎者記者會，會從傍晚六點開始播出。

因為還有時間，日野在看姐姐的入圍作品，而另一方面，我和綿矢相當坐立不安，這似乎也是綿矢第一次即時等待芥河賞的發表。

「透同學和小泉，你們兩個都冷靜點啦。」

看著我們又站又坐、毫無意義地去洗手間好幾次那種完全無法冷靜的樣子，日野開口安撫道。

「我，我很冷靜，我很冷靜啊，對不對?綿矢。」

「嗯，嗯，完全超級從容。」

「真是的，都不知道什麼叫從容了。」

即使如此，時間還是會不停往前進。時間將近六點，為了不給其他人添麻煩，我們到圖書館外面用日野的手機收看節目。

《芥河龍之介賞、直樹三十五賞，得獎記者會現場直播。節目即將開始》

節目終於開始播出，畫面拍到兩位男子在長桌前坐下。這是叫導言嗎？解說者和被他介紹的人開始說起芥河賞與直樹賞的由來。

解說者和另一位輔佐的男性大概也在記者會會場的一角吧？從畫面中可以感受到緊張的氣氛。

這是現場直播的記者會，所以入圍者都在其他房間裡嗎？

現在，姐姐在那裡想著什麼呢？

但是，遲遲沒有發表得獎者的跡象。聽解說者說，今年的發表可能會落在晚間七點到八點之間。

也就是距離現在一小時，或兩小時之後。我對父親說過今天要在外面吃晚餐，所以不需要回家做飯。

我個人是沒有問題，但圖書館晚上七點就閉館了，我們需要換個地點。我從手機前抬起頭問兩人——

「要怎麼辦？去家庭餐廳之類的地方也可以，但日野和綿矢家裡沒問題嗎？要不然今天就在這邊解散也沒關係。」

我說完後，綿矢立刻反應——

「我家只有媽媽，沒有什麼關係。真織呢？」

「只要聯絡一下就沒關係。機會難得，大家一起等啦。啊，但是要去哪裡好？家庭餐廳有點遠，小泉也是騎自行車，太晚可能會很危險。」

確實，綿矢家比我家更遠，太陽下山前還沒關係，但夏日夜晚會很危險。

不把這種擔心當一回事，綿矢泰若自然地說——

「那我今天住真織家吧？要不然……偷偷把神谷帶進真織的房間吧？」

「什麼？」

我不自覺大聲驚呼，比起綿矢的提議，日野反而是被我的聲音嚇到。日野家。就算是暑假，晚上去女生家裡還是讓我很顧忌。

而且要是見到她的雙親也會很尷尬。

「對不起，我喊太大聲了。但再怎麼說這都……要不然我們到站前的家庭餐廳，雖然不怎麼可靠，但回家時我會送綿矢回家。」

儘管我如此回應，日野「嗯～～」地沉思著什麼，綿矢則咧嘴笑個不停。這傢伙！

而且說起來，日野對我隱瞞了失憶症的事情。我不知道她是怎麼對雙親說男友的事情，但我去她家應該會相當麻煩吧？

明明是這樣，日野卻像是決定了什麼似地揚起嘴角，相當愉悅地說——

「好！那就不要讓我爸媽發現，偷偷把透同學帶進我房間，我們三個人一起等發表吧，這樣如何？」

她這樣一問害我愣住，如果可以拒絕，我很想拒絕。

但綿矢大聲歡呼起來，她們兩人彷彿已成定局般地喧鬧著。

「什麼？不是啊……咦？」

3

在日野和綿矢的強迫下，我也前往日野的家。

只不過，日野的父親似乎是相當寵小孩的人，所以也計畫好該怎樣瞞著她的家人，偷偷把我帶進房間裡。步驟是這樣——

日野先和她母親聯絡要帶綿矢回家後，我們三個人一起前往她家。趁著綿矢到客廳和日野雙親打招呼時，日野把等在外面的我帶進家中，兩人一起移動到二樓的房間前。日野急忙收拾房間，收好後讓我進房間。

日野打電話給母親的結果，因為是暑假，所以她相當歡迎綿矢到她家，要過夜也沒有問題。

「順帶一提……我回家時要怎麼辦？」

三人一起騎自行車前往時，我一問，綿矢自信滿滿地回應——

「沒問題，到時我就再到客廳和他們聊天，你趁那個時候回去就好了。」

騎車不久後就抵達日野家。第一次看見日野的家，那不是量產的設計住宅，而是個精心設計過的家。

我單獨遠離她家一段距離，把自行車停在附近的人行道旁上鎖。

接著我走回來朝她家窺探，兩人朝我揮手後，我走近她家。

又等了幾分鐘之後，大門再次打開，日野帶著享受惡作劇般的表情探出頭來對我招手，我邊壓低腳步聲邊走進她家。

「鞋子，拿在手上。」

「我知道。」

日野小聲指示我，我脫鞋後把鞋子拿在手上。

我突然很在意地轉過頭去，應該是通往客廳的緊閉門扇那頭，傳來綿矢開朗的聲音。日野的雙親啊……是怎樣的人呢？

「你在做什麼～～？」日野的聲音把我拉回現實，我就跟在她背後。

上到二樓，走廊盡頭的房間似乎就是日野的房間。

在日野整理房間時，我在門前有點無法冷靜地等待著。

房門打開，她招手要我進門。她的房間遠比我的房間寬敞，整理得很清爽。她要我把鞋子放在預定要丟掉的雜誌上，我點點頭。

「我去帶小泉上樓順便拿食物，你等一下喔。」

「啊，好，我知道了。」

房門關上，剩下我一個人。我吐了一口氣，下一秒房門被打開，我的身體一顫，日野對我露出詭異的微笑——

「這裡可是女生的房間，就算你是我的男友，也不可以翻我的內衣之類的喔。」

「我才，才不會。」

日野直直盯著我。

「翻一下下的話可以喔。」

「就說我不會了啦。」

我完全被她戲弄了。

想著該怎樣把她趕走時，她又目不轉睛地盯著我。

「欸，透同學……我可以問你一個奇怪的問題嗎？」

「怎樣，這種情況妳可別真的問奇怪的問題耶。」

「你，是不是喜歡我？」

「什麼……？」

她一問，我一瞬間忘記了所有情緒的流動。

寂靜中，只有時鐘的指針聲音清晰響起。

「為什麼要這麼問，妳該不會忘記第三個條件了吧？」

我不知道該怎麼回答，只好努力壓抑變得認真的語氣笑著說道，但我不知道自己有沒有好好辦到。

「沒有，我記得很清楚。只不過……我總覺得有點在意，所以就很想要問出口。」

「別擔心，我不會真的喜歡上妳的。」

我根本不可能把「我早已經喜歡上妳了」說出口。

臉頰用力擠出笑容，那成了一個稍微有點僵硬的笑容。

「這樣啊……嗯，對不起喔，問了奇怪的問題。」

是我的錯覺嗎？日野的笑容似乎有點落寞。

「不，別在意，但很少見到妳會在意這種事情呢。怎麼了嗎？」

才這樣想著，日野彷彿忘記幾秒前自己的臉，咧嘴一笑——

「哎呀，如果你真的喜歡我，那我就要有覺悟大概會有一、兩件內衣褲失蹤啊。」

「喂，我就說我不會做那種事了啊！」

意識到自己不小心大喊出聲，我慌忙摀住嘴巴，日野則咧嘴笑說「請慢坐～～」，然後關上門。聽見她遠去的腳步聲，我再次嘆氣。

不會認真喜歡上妳……啊。

如果真有那個世界，我們之間又會怎樣呢？

大概是我沒有喜歡上日野，也沒告訴她自己的心意，她也沒坦承自己的病情，我們就以偽裝情侶的身分交往吧。

但那肯定無法長久的，我有這種感覺，兩人遲早會分手。

我不禁對有如此想法的自己苦笑。

我不後悔喜歡上她，就算這份心意無疾而終……也沒有關係。

獨留在房中的我，閉上眼睛想讓自己轉換心情。

但接下來該怎麼辦？她們兩人感覺還要一點時間才會回來。

我睜開眼睛，重新環視日野的房間。

在女生的房裡到處亂看也不好。雖然心裡這樣想，但我看見以前一起到文具店買的速寫本就放在她的書桌上。

我走近書桌。速寫本旁有鉛筆和削鉛筆機，還有小型美工刀。感覺帶有些微國中上課的美術教室的氣味。

心中知道不好，但我好想知道有關日野新的事情，於是翻開闔上的速寫本。連續幾頁都是人物線條，接著，突然出現的自己的臉讓我停下了手。

速寫本上的自己，有張傷腦筋的笑容。

她在暑假中也有拍我的照片，感覺我似乎是用這個表情面對鏡頭的。

翻過下一頁，其他頁面上也有我不中用的笑臉或是側臉。

還有尚未加筆、只有姿勢的人物畫，其中也有我有點印象的姿勢。

那大概是在圖書館的停車場，我讓日野坐上自行車、將車牽著走的背影。

我在日野心中到底是怎樣的存在呢？

『咦？那個，這頂草帽有什麼嗎？』

回想起在圖書館的事情讓我有點心痛，但我努力不去想。

我慢慢闔上了速寫本。

這時，我發現有張紙稍微露出在書桌的寬大抽屜外。

這是什麼啊……因為她急忙整理房間，或許是與之有關的東西吧。

雖然猶豫，但這種機會肯定不會再有。我如此想著，手再次動起來。

抽屜中除了幾張紙之外，還有記事本和筆記本。

視線中的某張紙上，日野的字這樣寫著——

《我因為車禍而得了失憶症，先去看桌上的記事本吧》

我急忙關上抽屜，接著發現紙張突出在抽屜外，我慌慌張張調整以避免紙張摺到或起縐摺。

心跳加速，手跟著發抖。

世界的背後潛藏著殘酷。我突然這樣想。只是人類不知道而已，殘酷屏息潛藏於各處。

那天在公園曾聽她說關於記事本和日記的事情，但我不知道紙張的事。大概是貼在牆壁上，讓每天的自己看的東西。

日野每天都這樣，被迫面對自己的症狀。我感覺我窺見了她恐懼的日常的一部分，而這是日野努力不讓我看見的部分。

日野總是滿臉笑容，無時無刻。

與之相對，我就……

聽見兩人的腳步聲傳來，我身體僵硬。我想著得要急忙裝出在做其他事的樣子，翻開了身邊的美術書籍。

「你有乖～～乖的……咦？在看書耶，真是的，還真有你的風格耶。」

日野從門後探出頭，口氣有點傻眼也有點佩服。

「神谷，你為什麼不做些更老套的事情啊？」

接在她後面出現的綿矢這樣說，我忍不住問——

「什麼？什麼老套的事？」

「把真織的內褲套在頭上，或是口袋塞滿她的內褲，還有繩子露在口袋外面之類的。」

「不要說繩子啦，什麼繩子。」

總之她們似乎沒有感到不對勁，我鬆了一口氣。

日野將手中的大托盤放在中央的矮桌上。

上面擺著一盤大份量咖哩和一盤普通份量的咖哩，也準備了兩個杯子和湯匙。

「餓著肚子也不好，我就把晚餐端上來了。我和小泉一起吃大盤的，另外這份給你。」

「啊，好，我知道了，謝謝妳。」

在那之後，我們邊品嘗辛香料濃郁的咖哩，邊用日野的筆記型電腦繼續看剛剛的現場直播節目。

畫面改變了，現在畫面上不是解說者，而是像某高級飯店宴會廳之類的地方。低矮舞台的中央擺著一塊白板。

白板上分別貼著寫了「芥河賞」和「直樹賞」的紙張。看起來應該是記者的幾個人正坐在椅子上面對舞台，等待時也偶爾抬頭看向白板。

時間剛過晚上七點不久。

發表時間是七點到八點左右……

吃完咖哩，又引頸期待等了十五分鐘左右。接著，畫面出現動靜。

聽見解說者和輔佐者的聲音傳來。「現在，現在結果出來了。」「喔，是哪個作品呢？」聽見兩人聲音之時，一名身穿西裝的男人走向白板。

他將手上的紙張，貼在芥河賞的紙張旁。

西川　景子

《殘渣》

下一秒，記者們的動作慌亂起來，解說者也興奮地大喊。會場傳出廣播聲。

「本屆芥河賞，確定由西川景子的《殘渣》獲獎。得獎作品現在將拿到前方舞台上，西川景子的記者會將從……」

現在這一瞬間的畫面，有多少人正在看呢？

在家裡、電車上，或者是在居酒屋、在公司。這個新聞會立刻透過網路廣傳，明天的報紙和電視新聞也會大肆報導。

姐姐得知獲獎後，有怎樣的心情呢？父親又正在做什麼呢？

我茫然看著這一幕，身邊傳來聲音。

「太棒……太棒了！姐姐好厲害，芥河賞耶。」

我和聲音的主人日野對上眼。

真實感遲遲無法回到我的身上。

「嗯，謝謝妳。真的太好了。」

在我不知該如何接話時，綿矢苦笑著說——

「哎呀，我是覺得應該會是她得獎啦。這樣啊……接下來你姐姐會變成各媒體的新寵兒呢。如何啊，身為弟弟你應該自豪得鼻子都抬高了吧？」

我陷入沉思。鼻子抬高，小木偶，和天狗一樣，那個……

「不行，雖然很想說些好話，但根本想不出來。」

我一說完，兩人都失笑。

直樹賞得獎作品也發表了，姐姐的記者會比直樹賞得獎者先舉行。

相機鎂光燈閃個不停，許多記者問了各種問題。

姐姐簡潔回答了他們的問題後，記者會約十分鐘左右就結束了。

我有點失神，心臟還急速跳個不停。但也不能一直待在日野家，我向兩人道謝後，告訴她們我要回家了。

趁綿矢轉移日野雙親注意力之時，我在門外和日野小聲道別——

「明天見，晚安。」

「嗯，今天真的很謝謝妳。」

僅此一天的日野，和從昨天延續到今天的我道別。

走出她家後我回頭看，感覺應該是客廳的窗簾一瞬間晃動了一下。大概是日野的父親吧？我感覺自己被一位男性看見了，但不是很確定。

或許，被發現了吧……

前往自行車停放的位置，我在街燈照射下打開了自行車的車鎖，又發呆了一下。發現有人朝我靠近，一轉頭就看見牽著自行車的綿矢。

「你果然在發呆。真織媽媽一直說要送我、要送我，我可是拒絕得很辛苦耶。我也要騎自行車回家，送我回家吧！但正確來說是現在的你太危險了，我送你回家。」

這再怎樣也太過意不去了，我說了會確實送她回家後，兩人就邊騎車邊聊天朝她家公寓騎去。

我記不清楚聊了什麼，但感覺綿矢特地選了些開朗的話題。

抵達綿矢住的公寓後，雖然她很擔心我，但我們還是就此道別。

我再次騎上自行車回到位於公宅內的自家時，我滿腦子都在想姐姐。

回到家中已經過了九點，父親坐在餐桌旁等我回家。

他一臉沉重，手邊擺著筆記型電腦，還有發泡酒的酒罐。

我有不好的預感。父親抬起頭說——

「阿透啊，西川景子……」

我忘記眨眼，看著父親。

「是不是……早苗啊？」

4

在我沉默以對時，父親繼續說——

「今天是芥河賞上半年度得獎者發表的日子，我剛剛很在意就在網路上看結果，知道是西川景子得獎。二十多歲的年輕女生，我知道這個名字，接著看了記者會的照片，怎麼看都是早苗啊。你早就知道了嗎？阿透，你早就知道了嗎？」

我早猜到會有這天，從日野家回來的途中，這件事也一直占據我腦袋中一角。

此時，大概會是我們父子認真對話的時刻吧。

「我早就知道了。雖然瞞著爸，但姐姐從以前就一直在寫小說，她的筆名就是西川景子。」

「什麼啊……原來是這樣啊。那麼，早苗是為了成為小說家才離開這個家的嗎？為了逃離我們身邊嗎？」

「她不是逃走，姐姐是往前邁進了。」

「還不是一樣。」

「意義完全不同。她不是逃離自己的人生，而是面對自己的人生，往前邁進。」

父親皺起臉低下頭，輕輕嘆一口氣，空了一陣獨特的沉默後說——

「你有和早苗見面嗎？」

我沒有真實感，彷彿在看一部很差勁的電影，只有秒針刻劃著現實。

「我們沒有定期見面，也沒有互相聯絡。但前一陣子，她在書店辦簽名會，那時偶然見到，有聊了一下。」

「那麼，早苗會回來嗎？」

「姐姐已經有她自己的人生了。」

「什麼啊，她不想要三個人一起住啊？」

父親抬起頭，但他沒有和我對上眼，又低下頭去。

「不是這樣的，但姐姐一直為了我們很努力了啊。從國一開始耶，她支持著我們這麼長一段時間了，得讓她去走她自己的人生才行了啊。」

雖然這樣說，其實我也在等姐姐回家。

在我認識日野和綿矢，創造出自己的世界之前，我曾經只有這個希望，甚至相信這就是自己的人生。

「那我們該怎麼辦？」

「就這樣繼續生活。我現在在準備公務員考試，如此一來，兩個人也能生活下去。」

「早苗，那傢伙根本瞧不起我。」

「你為什麼要這樣想啦？」

「不只是個失敗的父親，身為小說家，不對，連小說家也稱不上，她根本瞧不起我，不把我當一回事。」

「那怎麼可能。」

「那她為什麼要一聲不響地離家出走？」

在沉默降臨的房間裡，我目不轉睛地看著父親。

父親明明察覺到我的視線了，卻不肯轉頭看我。

「要是說了肯定會被阻止，那麼，姐姐絕對沒辦法離開，所以……」

「就算是這樣……一聲不響，離開，這犯規啊，我們是家人耶。」

家人。當我和姐姐期待父親這麼做時，父親並沒有盡到父親的責任。

只有這件事不能說出口，我放開了緊握的拳頭。

「沒錯，是家人。所以，讓我們替姐姐慶祝吧。」

「那個獎，拿到芥河賞是我從小到大的夢想，新人獎也差一點就能拿到了。」

「就是因為有爸的基因，姐姐才有辦法得獎啊，因為身邊有很多爸買來的書。」

「這樣啊，你就是這樣滿足我的自尊心，想要敷衍過去吧。你也交女朋友了，要是結婚就會離開對吧？會留下我一個人。」

日野微笑的身影伴隨著疼痛浮現在我腦海中。

但我不知道我們會有什麼發展，也不知道她的失憶症會怎樣。

「什麼結婚，那種事情還沒有辦法想像。」

「這樣啊……我也醉得不輕啊。」

「沒錯。現在這種時候我才說的，你也對自己太陶醉了。對妻子先過世的自己，對即使如此還緊抓著小說不放的自己，還有自己或許能成為小說家的妄想。」

我用平常不會有的強硬語氣說完，父親這才第一次和我對上眼。

雖然會面對面說話或是互相開玩笑，但父親從沒好好看著我的眼睛，如同他逃避現實般，他也一直逃避這件事。

不，不只父親，連我也是。

沒有任何改變，沒做任何改變，只是不停逃避。

房中充滿尷尬的氣氛，我們沉默不語，兩人又各自別開眼去。

「說那什麼話啊，真是的。」

父親拿著發泡酒的酒罐子起身，朝自己的房間走去。

我邊目送他的背影邊想著。

我今天也沒能做任何改變嗎？明天之後也就這樣，裝作沒發生任何事繼續逃避嗎？沒說出真正想說的事情，只留下家人間的疙瘩嗎？

該怎麼辦才好？有誰能來告訴我嗎？欸，誰啊……

突然，日野的身影再度竄過我的腦海。

偶爾，會有類似今天草帽這類微小的不同調在我們之間出現。
我只能盡量裝作沒發現，裝作沒看見。
因為這種小事和她身上的大事相比，根本微不足道。
我親眼看著日野每天奮力地活著。
看著時間、可能性及未來都被剝奪的她，即使如此仍積極活著的她。
我剛剛在日野的房間裡到底看見了什麼，偷看了什麼。
她每天都勇敢面對困難，與之相較，我又是如何？
在今天，此刻，可能改變什麼的時機逃避嗎？這樣真的可以嗎？
日野和我，我也不知道我們會變得怎樣。
即使如此，我仍然想成為能令她自豪的人。當我發現時，我已經追上父親，抓住他的肩膀。
「爸，我們也要改變才行，別再逃避了。」
大概沒想到我會這樣說吧，父親甩開我的手，轉過頭。
「我沒有逃避，只是沒有才華而已。要是有才華，我也能立刻成為小說家，也能重新規劃我的人生！」
父親瞪著我，但其實我的身高早已超越父親。
「那你就去受傷、去失敗，然後從中學習啊。」

「你是什麼意思？我有受傷啊。」

「拜託你不要再對自己陶醉了，雖然這樣的確是很輕鬆吧？把自己當成悲劇主角，然後自己寫成小說，明明根本沒打算投稿，卻說是新人獎，原稿不停地寫下去，這樣很輕鬆對吧？」

這段話，奪走了父親臉上所有情緒。

我早就知道了。

父親雖然以成為小說家為目標，但其實，他早就已經放棄。

「我，我，才沒有做那種事情。」

「別說謊了。」

「真的，我真的想要成為小說家，那現在還是我的人生規劃。」

「爸，我真的受夠你的謊言了。你就是因為不想受傷，所以才沒投稿吧？你不是想要成為小說家嗎？那麼，那麼，你就別害怕受傷！」

「阿透！」

父親抓住我的衣領，我們近距離互視。

或許今天，會是我人生第一次被父親動手打吧？

但即使如此也沒關係。人如果想要往前邁進，就得要確實受傷，不能從這裡逃避。不可以自我陶醉，敷衍受傷這件事。

我們沒有別開眼，我作好事情即將發生的覺悟。

但父親的眼中沒有憤怒，而是帶著類似悲傷的神色……

「你……都知道了啊？我已經不再投稿，沒把原稿寄出去。」

我的呼吸突然急促起來，不對，肯定從剛剛開始就相當急促，然後現在才終於發現。

父親放開了我的衣領。

「對不起，我打掃你房間的時候有看到一次，壁櫥裡有很多寫上新人獎的投稿地址，裡面也有原稿，但沒有寄出去的信封袋。我沒有確切證據，但心想或許就是如此。爸該不會已經沒有繼續投稿了吧？該不會已經放棄了吧？」

父親沒有看我，只是看著沒有光澤的地板。

「但是爸，有件事我希望你知道。我和姐姐都很感謝你，你從早工作到晚就是為了養我們，實際上我現在也還是靠你養。就算沒有成為小說家，你仍然是個偉大的父親。但是，別再逃避了。」

這就是我想說的全部，接下來只能等待父親的反應。

宛如看著沙漏，時間慢慢流逝。

我們兩人到底就這樣無言枯站了多久時間呢？

父親嘟囔般地開口說話——

「好像，從來沒這樣，和你說過話。」

我轉頭看他，父親揚起嘴角拚命擠出笑容。
「是啊。」
「你最近，好像有點不一樣，大概就從你說你交了女朋友那陣子開始。」
「嗯……或許是這樣。她是個很棒的人。」
「這樣啊，遇見出色的人真是太好了。你要好好，那個，要好好珍惜。」
我點點頭，父親接著用力吸了一口氣再吐氣。
「不可以害怕受傷……啊，正如你所說。」
那是彷彿從漫長的酩酊大醉中醒來的聲音。
「如果我說過頭了，我向你道歉，對不起。」
「不……該道歉的人是我。對不起，我一直在逃避，一直在逃避現實。家事和其他事全丟給你和早苗，我只是在逃避。不僅如此，連投稿也不投了。正如你所說，我很害怕受傷。我很害怕，害怕不只失去你的母親，還要認知自己沒有才華的現實……所以不停逃避。」
大概抽乾力氣了吧，父親無力地跌坐在地。猶豫了一會兒，我也在他身邊坐下，但我們彼此都不知道該怎麼辦才好。父親看著手上喝到一半的發泡酒，輕輕握緊。
假設有如同我們父子一般的登場人物出現在小說中，我們兩人會如何互相理解呢？但事情無法如虛構故事般順利發展。現實就像這樣總是毫無潤澤，讓人走投無路，讓人只能坐著不動，無比沮喪。

但即使如此，現實仍不停前進。

我問要不要做些什麼來吃？父親回我沒有關係。

如果有件事可以確定，那就是我們彼此說出重要的事情了，這或許可以稱得上是進步。今後不管發生什麼事，我都不會逃避，要好好面對父親。

父親也是，到時肯定也會思考著什麼吧。在彼此的沉默中，父親突然說「還是拜託你做那個好了」。

我抬起頭，父親用拙劣的笑容繼續說——

「蛋鬆，好久沒吃了……我突然很想吃。」

這是父親喜歡的食物之一，姐姐以前也很常做。追根究柢，這似乎是母親老家常做的料理。

把半塊豆腐直接放進小鍋子中，加入高湯粉、醬油、味醂、砂糖、打散的蛋液後，把豆腐壓碎拌炒到收乾。

因為不知道這道菜的正式名稱，我們都叫它蛋鬆。

我到廚房迅速做好後，父親拿了稍大的飯碗盛飯。

他用著有點不好意思，但又想要些什麼的表情看我。

這是父親用他自己的方法向我表現的溝通。

真拿他沒辦法。我把蛋鬆放到白飯上。

姐姐說這很不像樣，禁止我們這樣做，但父親很喜歡偷偷用這種方法吃。父親在餐桌旁坐下，邊吃邊說——

「那個啊……就，下次也教我做飯。」

我忍不住注視父親，他很尷尬地微笑。

「很不好意思，沒辦法一次或馬上改變，但我也一直在尋找機會，所以……」

父親又努力擠出笑容。

不管是誰肯定都是如此的，這世界沒有人不想要成為好人。

父親和我不停逃避，但我們並非變成壞人。

只是迷失光芒而已。從日野身上獲得光芒的現在的我，非常理解這點。

父親不自然的笑容讓我笑出來，父親也跟著又笑了。

接著我們兩人一起收拾餐具，時間已經接近十點。我家很少發出聲音的電話，忽然響起通知來電的聲音。

父親一臉疑問，但立刻想到什麼似地轉過來看我。

我點點頭，父親緊張地接起電話。

「喂……啊，啊啊，是早苗啊？」

父親又轉過來看我，但我裝作沒發現。我走到窗邊打開窗戶，新鮮的夜風流進室內，他們父女就在我背後睽違多年地對話著。

「不，不是，不是這樣。該道歉的人是我，我是個沒用的父親，我對這樣的自己……不，不說了。對不起。啊，然後啊，早苗，今天是個值得慶祝的日子。嗯，是啊，我嚇了一大跳。沒想到是自己的女兒。嗯，啊啊，嗯。」

父親最後吸吸鼻子，很感慨地說──

「早苗，恭喜妳。真的很恭喜妳。」

我感覺自己的身體從深處跟著震撼，默默抬頭看向天空。

稍微，哭了。

芥河賞得獎發表後又過了十幾天，姐姐來訪。

「你整理得很乾淨呢，真不愧是我的弟弟。」

幾天前再次接到姐姐的聯絡電話，父親從那之後一直靜不下來。

從那晚的隔天起，父親開始積極幫忙做家事。

挑戰做菜接著失敗後，我邊教他慢慢學會家裡的事情。

今天他從一大早就卯足幹勁打掃，還發下狂語說他今天要做晚飯。

姐姐對我家的狀態相當讚嘆，我回她──

「其實這不是只有我一個人打掃的，爸爸也有幫忙。」

說完後，姐姐露出真心感到驚訝的表情。

看著我們倆的對話，父親相當不好意思地接續——

「那個，該怎麼說……我把很多事情看開了。試著做了之後發現做飯和打掃也很有趣，我想，我也暫時不寫小說了。不是把它當作逃避的手段，而是希望將來有一天我也能像面對自己一樣，好好面對小說……我想要到時再寫。然後，早苗啊，如果妳有想要的書就拿走，首刷書或什麼都可以，我也想要減少一點書量才行。」

姐姐注視著父親，父親低下頭後，很不好意思地笑了。

「我……我之所以想要寫小說，是受到爸的影響。多虧有你，寫小說對我來說是個近在身邊的行為。但是……我一開始也相同，是為了逃避現在的自己才寫。但從某個時候開始有了變化，我開始覺得這或許是個擴張自己的行為，是個和自己的全新詞彙、和自己新的思想相遇的地方。」

聽見姐姐說的話，父親張口結舌，露出感慨甚深、泫然欲泣的臉。

姐姐注視著這樣的父親，接著語氣開朗地想要轉換氣氛——

「然後呢……這個嘛，家裡的書太多了，從衛生的角度來看也不太好，那我就恭敬不如從命囉。爸，可以嗎？」

「啊，可以，就這樣做，這樣最好。」

「真的可以嗎？我可不會手軟喔。」

姐姐說完後，他們兩人同時間笑了出來。
當然不能說所有的隔閡都就此消失了。
父親比起父親這個角色，他更想要選擇成為小說家，但夢想終究沒有實現，而姐姐理解父親的想法接手家中所有工作，在某個時候卻選擇走向成為小說家的道路。他們彼此都對這件事感到愧疚。
即使如此，兩人都笑了，用各自的方法向前邁進。
冷氣不怎麼涼的我家有點熱，但感覺只要側耳傾聽，甚至可以聽見光線灑下來的聲音，那是個如此舒服的夏日。

5

八月二十六日（週二）　暑假

在自家的早晨：沒有變化。
在自家的白天：速寫。邊看洋片完成了七張。狀況好到令我驚訝。

在畫畫途中，也被確實捕捉到線條的自己嚇到，畫完後看著自己的畫笑個不停。得意忘形地又畫完五張後，手好痛。

為了不要造成明天的我的困擾，要好好按摩保養才行。

今天的男友先生：今天和男友先生在圖書館講到煙火大會的事，暑假的最後一天，隔壁鎮上會舉辦煙火大會。

我有點猶豫，但鼓起勇氣約他後，他很乾脆地答應了，太棒了。

我是第一次去那個煙火大會，男友先生似乎在小學時和姐姐、爸爸一起去過。聽說他姐姐久違地要住在家裡一陣子。

唔嗯，我接著提議那約姐姐一起去如何？男友先生有點驚慌。他乍看之下酷酷的，但這種地方讓我覺得很可愛。

約姐姐的事情，他說會和姐姐商量看看，我們接著去書店。

在得失憶症之前，曾有些作品讓我想要消除讀過的記憶重新品味。實際上昨天的真織們似乎也去租了不曾看過的電影，試著找出幾部喜歡的電影。看小說比較耗時所以比較困難，但電影和漫畫就能列喜愛清單。我也買了幾本對書名有興趣的漫畫。

另一方面，男友先生在書店裡看了刊登他姐姐專訪的雜誌。我感慨地說他真是有戀姐情節後，他很慌張地回答了什麼。

男友先生在臨別前問我今天是不是忘了草帽。

我之前似乎失敗了，忘記兩個人一起看草帽的事情。日記上明明也寫著男友先生很想要買來送給我，但我忘記確認，就在什麼也不記得的狀況下買了草帽。

我笑著說其實尺寸有點不太合來含糊帶過，男友先生則從包包裡拿出什麼。那是個裝飾品，有個別針的向日葵假花。

他說感覺這和那頂草帽很搭，有點害羞地送給我。

我想他大概是顧慮到真織們很在意男友先生，所以不戴草帽這件事情吧。

這個人為什麼會如此溫柔呢？

正如同昨天的真織們所感受的，今天的我也有相同感覺。就算我忘記重要的事情，他今天也絲毫不在意地溫柔對待我。

我目送他騎自行車離去的背影，緊緊握住向日葵假花。

胸口像是想要傾訴什麼，緊緊揪痛。

我或許，已經快要喜歡上他了。

從一大早，我讀完日記後完全冷靜不下來。

今天是八月三十一日，暑假最後一天。確認記事本上的預定行程後，今天就是約定好的煙火大會的日子沒錯。

似乎是我昨天先準備好了，醒來時，整齊摺好的浴衣就擺在桌上。上面貼著便條紙，畫著我的Q版插畫還寫上這段文字。

《連今天的我的份，要玩得盡興喔！》

我重新眺望窗外，外面充滿夏日午後獨有的耀眼陽光。景色彷彿性情不定的畫家的畫布，到昨天為止，我的視線還是一整片嫩綠景色，現在已經畫上全新色彩，完全被取代成不同風景。

我讓自己冷靜下來，再次確定今天的預定行程。

煙火大會從晚上七點開始。

在那之前，我和男友先生約好下午四點在鄰鎮的車站前會合，除了要避開車站在煙火大會時的擁擠時段外，也為了讓兩人可以好好聊天。

小泉不會一起去今天的煙火大會，我似乎有邀請她，但她說著「這是夏天最後的活動了，你們兩個好好去玩吧」，這樣婉拒了。

讀著記事本和日記時，時間馬上就過去了。下午兩點，我試著自己穿浴衣。過去的真織們似乎找到簡單易懂的影片，我參考影片就順利地自己穿好浴衣了。

以白色為基調，上面盛開著藍色花朵，不會過度華麗，是很典雅的浴衣。似乎是向母親借她以前穿過的浴衣，難怪這麼成熟。

在鏡子前盤起頭髮，稍微化妝後就完成了。但才沒這麼簡單。

桌上除了浴衣之外，還擺著一個向日葵假花，上面貼著便條紙。

《別上向日葵當裝飾品也不錯，這是男友先生送的禮物》

早上醒來後，發現自己得了失憶症。讀了鼓舞沮喪的自己的記事本與日記後，我才發現我竟然交了男友。

而這位不認識的男友有送我禮物。

一般來說應該會很困惑吧，以前的我肯定也會如此感覺，但是……

拿起向日葵假花，平常似乎是別在草帽上面，但也不是不能當髮飾用，我用髮夾輕輕把它別上頭髮。

這是平常的我不會有的裝扮，但很不可思議的，一點也不覺得怪。

感覺有個自己，認為這個向日葵假花相當重要。

『我或許，已經快要喜歡上他了。』

日記上類似詩詞的文章閃過腦海，但我將它甩開。

「好！」我作好覺悟後，雖然時間還早，但決定現在就出門。

我已經事前準備好要去看煙火的東西，只要拿著東西出門就好。

因為穿浴衣騎自行車很危險，所以請母親送我到車站。

母親說要送我到約好的鄰鎮車站去，但因為太害羞所以被我拒絕了。

抵達車站，搭上電車在鄰鎮車站下車，現在站前的人還不多，離約定時間還相當充裕，所以我想著去超商好了，但突然聽到有人喊我的聲音。

「日野。」

一轉頭，看見一位身穿深藍浴衣的纖瘦男子。

他看著我微笑，那是我在家裡看照片確認過的男友先生。

咦？怎麼回事？稍微有點心跳加速。

「啊，那個，就，你，你好。」

但因為他突然喊我，讓我有點不知所措。

大概是發現我這樣吧，男友先生一瞬間露出落寞的表情。

啊……糟糕了，對他來說只是和平常一樣喊自己的女友而已，沒想到竟然會收到這樣不知所措的反應。

但男友先生的反應僅僅一瞬間，甚至讓人懷疑是錯覺，他又立刻露出笑容。

「浴衣非常適合妳呢。」

「咦？是，是這樣嗎？謝謝你。男友先生也很合適唷，真厲害，是你自己穿的嗎？」

「嗯，但男生的浴衣很簡單，早上有先練習了一下。」

「這樣啊……嗯，練習穿浴衣？該不會是裸體吧？」

「日野妳真的是，平常到底都在注意些什麼啊？」

就算是不自在的氣氛，也能靠講玩笑話蒙混過去。
不管我們變得多要好，不管我們交心多深，我都會忘記這一切。
男友先生不知道我這樣的狀態。
但是，真的是這樣嗎？
「那麼，到煙火大會之前，我們先去咖啡廳吧。雖然只是連鎖店很不好意思，但今天就交給我付帳吧。」
在我思考這些事情時，男友先生溫柔地如此提議。
「喔，還真不像男友先生會有的發言呢。但很遺憾，今天讓我們要好地各付各的吧。」
「那麼，就把錢留到煙火大會上用吧。」
我們邊聊天邊朝咖啡廳走去。
站前連鎖店裡，有好幾組和我們一樣穿著浴衣的情侶。
服務生帶我們到窗邊座位坐下。
「那個，你姐姐今天會來對吧？」
我再次確認似乎是我前幾天的提議。難得姐姐回家了，所以我想她不知道能不能一起來煙火大會？接著在男友先生的詢問下，加上姐姐也有意願，我們決定在會場稍微碰個面。
「對，雖然有點早，但我們約好六點在會場附近的橋邊會合。」

「這樣啊，原來如此，我開始有點緊張了。」

正如我所說，我或許真的有點緊張，和平常不太一樣，語氣變得正經八百。

「還真意外，日野也會緊張啊。」

「那當然會啊。舉例來說……咦？最近一次是什麼時候啊？」

看著我陷入沉思，男友先生笑了。

我抗議後，男友說著「對不起，對不起」向我道歉。

「但關於我姐姐，不用那麼慎重啦，就只是稍微見個面而已，不用那麼緊張也沒有關係。」

「嗯，雖然是我提議的，但你姐姐也算是有名的人吧，在外面到處走沒關係嗎？」

「似乎和我們想像的不同，她很少會被人發現。特別是煙火大會會場附近人潮擁擠，她說會換個髮型，所以應該沒有問題。」

我們接著又聊了許多，時間一下就超過五點半。周遭穿浴衣的人增加了，好幾對情侶說著時間差不多了便站起身，我們也跟著站起身。

煙火大會的會場位於步行幾分鐘會抵達的城鎮中的河川旁，周圍有餐飲店出來擺的攤販外，還有祭典中會看見的小吃攤。現在已經有相當多人了，很熱鬧。

因為是煙火大會，有許多情侶，還有人手牽手。男友先生似乎也發現了，但他沒特別對我提這件事。

怎麼辦，要不要牽？雖然是第一次，但我不討厭。

我的視線不停地偷看他浮出青筋那很有男子氣概的手。

「嘿！」

當我發現時，我已經做出大膽的舉動。男友先生表現出驚訝反應，視線移往我身上，和故作平靜的我對上眼，但我的心跳劇烈鼓動，連我自己都感覺到了。

「日、日野，妳怎麼了啊？」

「沒有啊，你看嘛，要是走散了就不好了。而且接下來要和你的家人見面，那我就想做些情侶會做的事情。」

「妳還真大膽呢。」

「咦？你沒有發現嗎？」

我對說話變快的自己感到慌張，我對這樣的自己害臊起來。

但是，今天的我是僅此一天的我，我不想讓今天這一天留下遺憾。

我們不是偽裝情侶，牽著手如同真正的情侶般走著。

隨著會場越來越近，人潮也越來越多到有點難以行走。

時至此刻，我才終於有真實感。我在不知不覺中交了男友，和男友一起來看夏天最後的煙火大會。

「嚇了一大跳，我真的在做這種事情耶。和男友一起來夏天的煙火大會。」

「妳為何突然這樣說啊？」

我突然說出奇怪的話，男友先生開口問道。

「沒有啦，該怎麼說呢？原本有種不踏實的感覺，一直沒有什麼真實感……然後突然有所自覺，感覺開心了起來。」

我掩飾地如此說道，男友先生聞言爽朗一笑。

「日野，讓我們玩個開心吧。我雖然不怎麼可靠也不怎麼中用，但很誠懇這點絕對不輸給任何人。」

不可靠也不中用，但很誠懇，男友先生說的話總是讓我不禁失笑。

「這種不知道到底是沒用還是可靠的台詞，我還是第一次聽到。」

這句話加深了他的笑意，我緊緊握住他的手。

會場彷彿妝點夏日的尾聲，在橘紅色逐漸消失的天空底下，開始點亮熱鬧的各種色彩。

就連濕黏的熱氣，我也開始不去在意了。

走到和姐姐約好的橋邊時，爽朗的夏風吹拂。「風真涼。」我一說完，男友先生溫柔地看著我。

「阿透，太好了，馬上就找到了。」

充滿透明感的細聲喊住我們。

轉過頭，一位令人驚豔的美女站在那邊。那是男友先生的姐姐。我在網路上確認過她的臉，但那與她本人的透明感完全不同。

「姐，順利碰到面真是太好了。咦？」

男友先生似乎發現了什麼似地驚呼，我順著他的視線看過去，那邊有位穿著白色ＰＯＬＯ衫，約五十歲左右的男性，感覺和誰長得很像……

「爸……你也來了啊？」

「啊，是啊，那個，護衛啦。早苗，她可是個名人啊。」

從兩人的對話中，我得知站在姐姐身邊的男人是誰了。

那是男友先生的父親。沒想到他竟然會一起來，我突然緊張了起來。

他的父親發現我的存在，不知為何一瞬間有點退縮。

「……您，您好。」

我不自然地打招呼後，他父親也回我——

「啊，妳，妳好。」

他父親接著突然朝四周張望，然後拍了拍胸前的口袋。

「我，我菸抽完了，我去買包菸。」

說完後轉過頭去，消失在祭典嘈雜的人群中。

身穿深藍色成熟浴衣的姐姐，對男友先生露出有點傷腦筋的笑容。

「對不起喔，我原本是要自己來的，但對他說了阿透女友的事情後，他突然說自己也要來……他明明不抽菸的啊。」

而男友先生也苦笑著回應——

「不……雖然嚇了一跳，但爸爸或許也用他自己的方法，堅持不逃跑努力著吧，我是這樣想的，而且他也把鬍子刮乾淨了。但是，他也可能只是單純覺得自己一個人留在家裡很寂寞啦。」

堅持不逃跑努力著？

雖然對這句話感到有點困惑，但男友先生和姐姐似乎都理解其中的意思，他們兩人都用一種看著珍愛的東西的眼神微笑著。

接著姐姐把視線移到我身上，看見我和男友先生牽著的手之後，嘴角綻放笑容。

「妳好，妳是阿透的女朋友對吧？」

「啊，是的！妳好。那個，今天很謝謝妳邀請……咦？不對。那個，我是現在正在和透同學交往的日野真織，請多多指教。」

雖然只是稍微碰個面，但打招呼還是讓人緊張。雖然有點語無倫次，但比起和他父親說話時更加流利了，我一鞠躬，姐姐也鞠躬回應。

「我是阿透的姐姐神谷早苗，請妳多多指教。」

我再次重新看著姐姐的臉，雖然覺得和男友先生長得不太像，但也有相像的部分，特別是溫柔的眼睛非常像。

在我看她清澈的眼睛看得入迷時，姐姐微微一笑。

「那麼，也打完招呼了，你們兩個好好去玩吧，我去找爸爸。」

「咦？啊，已經要走了嗎？」

當我打算慰留她時，姐姐做出了一個可說是優美的惡作劇的表情。

「謝謝妳的體貼，但是，我不想要打擾你們兩個人……對吧？阿透。」

「沒有，沒有什麼打擾啦。」

話題突然拋到男友先生身上，他相當慌張。

姐姐莞爾看著男友的反應，接著向我們道別。

「你們兩個要多小心喔，真織，那我們改天再見吧。」

姐姐說完後，大概猜到男友父親會去哪裡，就這樣和我們分別。

我的嘴巴吐出鬆了一口氣的嘆息。

「啊～～好緊張喔，透同學的姐姐本人超級漂亮的耶。」

「她是我最自豪的姐姐，終於能做她想做的事情，她也變得稍微柔軟了一點。」

男友先生如此說著看向遠方，他的側臉透露出驕傲的感覺。

「這樣啊，啊，這麼說來，你父親發生了什麼事？感覺你和姐姐的對話別有深意。」

我一問，男友先生轉過頭來看我，目不轉睛地凝視我。

「其實我和父親之間發生了一些有點類似爭執的事情，但前一陣子，終於好好說出來了。」

他接著告訴我他家人的事情，和父親的爭執，以及父親和姐姐互相理解的事情。

我全部聽完後，稍微低下了頭。

「這樣啊，從我家回去之後發生了那種事情啊。」

他就這樣不停累積每一天，一點一滴地也確實往前進。

但我自己又是怎樣？當我沉思時，發覺了他的視線。

「但是啊日野，我能夠好好面對父親，全都是多虧有妳。」

「咦？不對，我什麼也沒有做耶。」

我有點不可思議地回看他，他什麼也沒說就只是笑著。

是場面話或是謊言嗎？但從他的個性來想，應該也不是這樣。

那麼，我真的做到了什麼嗎？我一直以為自己只是不停接受男友先生的給予，但我也稍微給了他什麼嗎？如果真的是這樣……

那讓我感覺到是種救贖。

和他牽著的手，自然用力，他也用力回握。

「日野，我們走吧。祭典只有今天，好好玩吧。」

「喔，不錯呢，我們好好玩吧。」

我們接著就混入祭典中尋常的景色裡。如隨處可見的情侶般喧鬧，兩人的手拿滿食物，買些沒用的東西，做些平常不做的事情，盡情地玩耍。

買了章魚燒，我先吃了之後發現很好吃，就用牙籤插起一個拿給男友先生，他很害羞地轉過頭去。

他的反應太有趣，我戲弄他之後，他嘴裡嘟囔著至少也拿別的牙籤吧。

他這麼一說我才發現，這是間接……讓我害羞起來了啦。

之後兩人一起玩射擊遊戲，我因為想要大獵物陷入苦戰，另一方面手長腳長的男友先生則確實地射下了小東西。

當我說了「男生就該瞄準夢想啊」，他回我「收集微小的幸福更重要」，接下來我那一擊打中寫著「禮品」的牌子，牌子運氣很好地掉下去了。

當我們無比歡欣之時，發現禮品是綜合零食，那和男友先生得到的東西幾乎沒兩樣。但即使是這種事情我們也很開心。

我們大聲歡笑，把一整個夏天的回憶，全濃縮在這一天。

真的是很開心的時光，幾乎讓我覺得自己人生中應該從沒如此開心過吧。我自然地受他吸引，他也疼愛著我。

接著重要時間來臨，煙火在夜空中綻放，我們兩人就在河岸邊一起觀看。

以前，在眾多人潮中孤單一人總是讓我感到相當拘束。

但現在是尋常眾多人潮中的兩人，卻讓我感到心情平靜。

和大家一樣抬頭看煙火、失去言語，但緊緊握住交握的手。

一邊這樣感覺，我突然開始思考起自己情緒的去向。

和記憶相同，現在這個感情也會消失不見嗎？沒辦法深植我的心中嗎？情緒動向也只是被大腦當成資訊處理，無法累積嗎？

但願，有什麼東西可以留存下來。

希望此時此刻的情緒，可以延續到明天的我身上，希望可以不要忘記。

「我不想要……忘掉啊。」

當我發現時，我已經說出這句話了，視線跟著模糊。

咦？為什麼，這是為什麼……我的淚水停不下來。

我根本不想忘記，不想忘掉如此重要的片刻，不希望那只能留在日記上。因為人生不管何時都是僅此一回，不管是哪個瞬間都無法重來，所以人類才會珍惜，當作寶物。

沒有辦法記住這些，這未免也太過分、太悲傷了。

我舉起另一隻手拭淚，男友先生看著我。

「我不會忘，我不會忘記這天。」

他的聲音沒有被煙火掩蓋，清楚地傳到我耳中。

「我，我也不會忘。明明不會忘記啊……好奇怪喔，是玩得太開心了嗎？淚水停不下來。」

我邊說邊靜靜哭泣，男友先生則緊緊握住我的手。

「忘記是人之常情，但是別擔心，不管怎樣的記憶都不可能完全消失，我是如此相信的。」

我拚命地想要忍住淚水，看著身邊這個溫柔的人。

我再次感覺，他該不會知道我有失憶症的事情吧？

他是不是知情，也發現了，但故意裝作沒有發現。

如果……如果真是如此，那或許，我可以無所畏懼了。

我的手邊用力邊祈願。拜託，我會努力對人和善，不會任性，也會每天感謝雙親。所以，今後請讓我也能一直待在他身邊。拜託，拜託。

一瞬間，大概是淚水模糊的影響，我感覺他一瞬間從我的視線中消失。

我慌張地用力握手，但他就在我身邊，也回握我的手。

「透同學，拜託你哪裡也別去。」

「別擔心，我會一直在妳身邊。」

彷彿要抹除這個聲音，無法實現的夢想之花又在夜空中綻放。

空白的白

1

暑假結束，新學期開學。

也就是說，真織和神谷從開始交往至今，已經過了三個月了。

我無法遺忘，五月步入尾聲那天的事情。

完全沒有任何交集的神谷，突然在放學後把真織找出去。

『我和他開始交往了。』

和真織在圖書館前會合，聽到她這麼說時，我真心嚇了一大跳。

真織有失憶症，沒辦法連續兩天累積新的記憶，因此就算認識了一個未曾謀面的人，隔天早上那個人又會變回未曾謀面的人。

在這種狀態下，我無法相信真織竟然想要交男朋友。

『話說回來，為什麼會這樣？』

『我被告白了，所以就想要和他交往看看。』

『我聽不懂妳在說什麼。那個人，是叫神谷吧？順帶一提，妳有對他說記憶的事情嗎？』

『沒說，也沒打算說。但是啊，我一想到在這種狀態下或許也能做些新的事情，就想要試試看。』

我隔天下課時間去找神谷，他是個毫無特色的傢伙。

就算問他真織的事情，感覺也很不清不楚。

所以我以為他們應該會很快分手。明明是他向真織告白，神谷看起來卻似乎不怎麼喜歡真織。

明明是這樣，但他們兩人交往的時間超乎我想像地長。

從某個時候開始，神谷變了。

最初發現時，是看見神谷和真織兩人騎自行車雙載的樣子。

從旁觀看也能清楚地發現，神谷相當珍惜真織。

回想起來，神谷當時已經知道真織有失憶症了吧？

但是，神谷為什麼會出現改變呢？

得知自己的情人有失憶症，一般來說應該會想要分手吧？

第二學期開始，一轉眼就過了好幾天。放學後的回家路上，我看著神谷和真織並肩行走的背影時，神谷突然轉過頭來。

「怎麼了啊？我身上有什麼嗎？」

我朝那張故作平靜的臉丟出一句無關緊要的話——

「有顆頭。」

「嗯，如果沒有頭，事情就大條了。」

「男友先生你別擔心，如果掉了，我會去找一顆很棒的頭來給你。」

「不，日野啊，我可不是哪來的紅豆麵包超人[2]耶。」

真織的失憶症——順向失憶症，可不是可以簡單治好的疾病。

說到底根本沒有確切的治療方法。可能在一週後會突然治好，也可能一年、三年，不，甚至經過五年也治不好。

不只真織本人，連支持她的家人、情人都要有強大的耐力。

我想著即使如此，即使如此，如果是神谷，或許能支持真織更勝於她的家人和我。

實際上神谷到目前為止，不只支持著真織的日常生活，甚至帶來改變。聽說他們暑假也每天見面，建議真織畫畫的人也是他。

就算真織的大腦沒有辦法累積記憶，但似乎會留下身體的感覺。

很丟臉，我完全沒有想到這類事情。

開始畫畫之後，真織的精神比以前更加穩定了。雖然沒對神谷說過，但真織過去曾經嚴重地精神混亂過。

真織的雙親和我，一直非常擔心這件事。

五月中旬的某天，真織突然請假。

和她聯絡也毫無反應，擔心的我在放學後來到真織家，只見真織的母親表情相當凝重。
真織的記憶每天都會歸零，但她的精神狀態並不會跟著歸零。受到腦內物質影響，有時她會受到前一天精神狀態的影響。
那天早上，真織醒來聽到母親向她說明失憶症後說了『這種事情要我怎麼接受』。『這種狀態活著根本沒有意義。』
『拜託不要管我。』
就這樣連飯也不吃，悶在房裡不肯出門。
真織的母親相當擔心她會不會重複這種狀態。
主治醫生曾對他們說，順向失憶症患者可能會併發憂鬱症。
這也能理解。如果我和真織處於相同狀態，大概會連學校也去不了，成天窩在家裡，對未來悲觀而得到憂鬱症，或許還可能出現更糟糕的狀況。
我得到真織母親的許可，走到真織房門前。
我隔著門喊她，真織發現我後只說『我今天不想見妳』、『一直給妳添麻煩真的很對不起』、『但是，今天怎樣都沒有辦法』。
我有種不由分說但讓我清楚明白自己的無能為力的感覺。

2. 日本卡通角色，經常幫助肚子餓的小朋友，會把頭分給他們吃，但同時失去力量。

雖然想和她說話，但不管哪句話、怎樣的話都沒辦法安慰她。

明明在這種時候，只需要當個怪咖惹真織笑就好了啊。

但我卻什麼也說不出口。

『我知道了，那我今天先回家喔。』

只留下這句話，我離開真織家。

隔天，真織從一早就很沮喪。

我問她原因，原來昨天的真織似乎把昨天的事情寫在日記上，她說對我很抱歉，我還特地去她家找她，真的很對不起。

我能做的只有裝傻，以及笑著要她打起精神來。

然後就是在放學後，和她一起去吃很多甜點而已。

其實在前一天，要是隔著門對真織說話時說出口就好了。

要她別把今天的事情寫在日記上。

但我顧及她的感受，連這也說不出口。

晚了一天，當我們吃蛋糕時告訴真織後，她露出泫然欲泣的表情。

『我知道了，我會把昨天的日記刪掉。』

她很悲傷地如此回答我。

我沒辦法影響真織，也沒辦法讓她的日記充滿開心的事情。

這是戀愛才有的力量，我無法把事情想得那麼簡單。

雖然不這麼想，但神谷卻辦到了。

實際上，真織今天也滿臉笑意。

「對了對了，再讓我畫你啦，我這個暑假進步很多耶。」

「是可以，但就算妳的繪畫能力有進步，也不代表我的臉會變帥喔。」

「啊，那我在背景畫滿盛開的玫瑰吧，閃亮亮的那種。」

「在苦笑的我背後嗎？光想像就覺得超詭異。」

記憶明明沒有辦法累積，但感覺真織比以前更快熟悉和神谷之間的關係，互相歡笑著。

今後，這兩人大概也會這樣過下去吧？

偷偷地說，這讓我偶爾感到有點羨慕。

而我的想法，也隨著時間過去逐漸變成現實。

他們兩人的關係，在那之後也毫無變化地持續下去。

在運動會、文化祭舉辦之後。

在秋天來臨，秋末寒風吹落枯葉時。

兩人一直都是情侶。

伴隨季節變遷，我一直在身邊看著這兩人。

到了秋天，真織的精神又開始不穩定起來。雖然有來上學，但從一早就很憂鬱。這也是當然的。對真織來說昨天還是四月，一覺醒來卻已經過了將近半年。而且一來到學校，看到身邊的人都開始在思考畢業後的發展。

不管怎樣，都會把自己和旁人拿來比較。

真織就算能高中畢業，也沒辦法升大學。靠著只到高二四月的學識能力也有極限，也沒辦法到專門學校學習什麼，就業也是一樣。

真織向身邊的人隱瞞自己拚命努力的一面，但我很清楚這點。

她大概無法接受吧！每天都會聽見至今累積起來的東西崩落的聲音。真織被時間和未來拋下了。

即使如此，真織身邊還有神谷。

放學後神谷會在她身邊，努力讓她過得開心。真織和神谷在一起時，會彷彿忘記早晨的憂鬱般微笑。

逐漸地，連神谷不在身邊時她也開始開朗歡笑。

我也慢慢被課業追著跑，和兩人一起共度的時間也變少了。

歲月如梭。

高二的冬天來臨，到了聖誕節時期，真織開始織東西。每天的真織一點一滴編織要送給神谷的圍巾，神谷則親手烤了蛋糕給真織驚喜。

新年時，包含我在內的三人傍晚一起去神社新年參拜。當鎮上下起第一場雪時，真織和神谷放學後蒐集雪花做了一個小小的雪人。

真織和神谷在一起時，總是在笑，神谷讓她展露出笑容。

我偶爾會很想要問神谷，他為什麼能如此努力？

但就算我問他，他肯定會很從容地如此回應吧——

「因為我喜歡她。」

實際上二月中旬的現在，我們三個人一起玩，真織先回家之後我問他，那傢伙一臉認真地回了完全如我所料的這句話。

我無法不去思考「喜歡」的意義。

以前，我曾親眼看見互相深愛的兩人，因為一點小事轉為憎恨彼此的模樣。生活作息不同或是金錢價值觀差異等等的，兩人說了各種理由。

但並非如此，單純只是他們兩人各自有了「喜歡」的人。兩人逐漸疏遠，其中一方在意面子和出人頭地，所以沒有離婚而選擇分居。

互相深愛的兩人，是我的父親與母親。

雖然不認為全是因為那樣，但我有一段時間無法相信人。這無法對誰說，也沒辦法找誰商量，只能自行療傷，我是個孤獨的動物。

當我發現時，國中生的我已經被身旁的人說成「感覺很冷淡」或是「不知道在想什麼」的人了。

我想，我實際上也有這一面，會來找我說話的人也很少。

但在我升上高中時，真織很普通地來找我說話。

我覺得她還真是個有趣的女孩。接著在我們每天的聊天中，彼此不知不覺成為可以稱上閨密的關係。不知何時，我找回對人類的信賴。

『因為我喜歡她。』

但如此冷靜回答的神谷，大概比我更喜歡真織。

喜歡是個扎根於感覺上的東西，那不是意志支持或是能用道理解釋的東西。

喜歡上一個人時，雖然之後可以努力將理由化作言語，但那又與喜歡這個直覺相距甚遠。

人類就是沒有辦法做到「因為○○所以喜歡」。

那是沒有任何根據，真正扎根在感覺上的感情。

「因為喜歡就能為另外一個人做任何事情嗎？我不太能理解這類事情。」

我口氣自嘲地詢問後，神谷思索著該如何回應。

「我也不是任何事情都做，只做自己能力範圍內的事。」

「是這樣嗎？雖然你說在能力範圍內，但我覺得你很勉強自己。」

我繼續追問，神谷眺望開始染上黃昏色彩的天空。

「真的辦不到的事情，我不做也做不到。但是如果有稍微勉強就能辦到的事情，如果有稍微勉強也想要做到的事情，我覺得那很幸福。」

我想，我這一生都不可能忘記神谷那時的側臉。

不知為何，那張平凡帶著溫柔的臉，看起來閃閃發光。

「我到目前為止的人生相當無趣，感覺冷淡，像是了解世事，所以不做蠢事也不會勉強自己，從小就是這樣。我想其實是對自己沒有自信吧。雖然不虛弱，但曾有段時間去做各種檢查，我對自己過瘦的身體也很自卑。」

難得如此熱情說話的神谷，突然輕笑——

「但是現在，我很單純開心地享受和日野共度的每一天。如果有稍微勉強就能做到的事情，我很自然地想要去做。日野帶給我驚喜，讓我重新審視自己，讓這樣的我，也自然地想要成為一個更好的人。」

神谷接著轉過頭來看我，微笑道：「要是說這種話，就會被笑說我又在說羞人的話了。」

我搖搖頭，「這樣啊。」帶著迷途羔羊的心境應和他。

「但妳也是因為喜歡日野，才幫她的吧？」

「是，這樣嗎？我應該更加冷淡吧。現在真織的狀況不太普通，對追求不普通的我來說這很有趣，所以才會待在真織身邊吧。結果，這還是我自己的欲望。」

這個想法和這段話都不是真心的。

我真的非常重視真織，但我無能為力，什麼也做不到……

「或許也有這一面吧，但我認為妳應該不僅如此。」

「是嗎？」

「是啊，其實妳自己知道對吧？」

就在我們說著這種話時，冬天即將結束。

春風拂面嫩芽萌的春天就要到來。

春假時偶爾也會三個人一起玩，三個人一起去櫻花大道相當有名的公園賞花。

「聽說有個歌人，把櫻花形容成不知天空的雪花。」

神谷在櫻花樹下仰望天空，說出這種風雅的話。

「是喔，我第一次聽說。不知天空的雪花啊，確實和雪花很像呢。」

真織佩服地回應，神谷溫柔地看著她微笑。

神谷接著開始說起他姐姐告訴他的五月病，聽說他姐姐對他說五月病就是「繁忙的春季結束後，大家在五月就會不禁鬆懈下來」。

五月啊，到了五月，我們又會怎樣呢？

抬頭看著不知天空的粉紅雪花，我如此思考。

升上三年級後，我和真織不同班了，因為真織離開了升學班。

春假前，我和神谷去找學年主任商量，請他幫忙安排讓真織和神谷同班。

實際上到了四月，我開始和真織在不同教室生活。

從走廊上窺探的教室內，換教室移動途中，我遠遠看見以往不到放學後就不會說話的真織和神谷很要好地在聊天。

這種時候，我又會思考起「喜歡」的意義。

神谷告訴我「程序性記憶」是一種扎根在感覺上的記憶。

那麼或許喜歡這種感覺，也在真織的心中延續下去了吧。

「嚇我一大跳。不只升上三年級，我還有男友，而且還和他同班。」

就算課業變繁忙，我和真織晚上還是會講一下電話。

但我已經很清楚了，順利撐過高二的真織，接下來也不會有問題。

別的不說，神谷就在她身邊啊。因為有那個就算知道真織有失憶症，還是說喜歡她的那傢伙在身邊啊。

被學業填滿的日子，剝奪了我對時間的感覺。聽說三年級會被準備大考追著跑，一轉眼就結束了，我每天都有深刻的體認。

準備大考關鍵時刻的夏天來臨，在鉛筆動個不停中秋天也來臨了。大學入學中心考試的冬天重壓上來，結束後就是各大學正式的第二次考試。一轉眼，春天到了。

漫長又短暫的高中三年結束。

我們順利迎接高中畢業典禮，三人全員到齊。

神谷考上隔壁鎮招募高中畢業生員額的公所，從春天開始就要以公所職員身分工作了。

真織畫畫的技術顯著進步，從春天開始，一週會去繪畫教室幾次，靜心等待失憶症痊癒。

另外一件不重要的事是，我也考上了期望的縣內大學。

畢業典禮那天，真織驚訝地說著：「真是無法置信。」

但這個無法置信，不是對歲月流逝，而是對自己在這種狀態中還繼續上學，而且還能順利畢業。

真織，真的已經沒問題了。

看見拿著畢業證書興奮的真織，我如此想著。

就算早上醒來，被迫面對現實，認知自己的狀態。

在這種狀態中還繼續上學，且順利畢業，只要有這個事實。

只要有把過去的自己與現在的自己聯繫起來的日記。

只要有每天面對速寫本，在這種狀態中也讓繪畫技巧進步的自己。

雖然沒辦法和以前一樣每天見面，但只要有神谷。

高中畢業，開始為各自前進的道路做準備的春假。

這天我們三人久違地和過去一樣一起出去玩。

「掰～～掰～～今天謝謝你們。」

我和神谷一起目送真織邊揮手邊消失在收票口那一端的身影。我們兩人都有事要去站前的購物中心，所以只有真織先回家。

毫無預兆。

「綿矢……」

「咦？」

或者是在神谷心中，已經做好所有準備了吧。

「我有點認真的事情要對妳說。」

神谷表情認真地看著我，他不尋常的語氣與表情讓我感到困惑。

周遭瀰漫著一種人要說出深藏心中秘密時的氛圍。

突然，我有種只有自己被留在現實中的感覺，但即使如此，我還是得要開口問。

「幹嘛？怎麼了嗎？」

神谷猶豫著一度開口，又再次閉上嘴。

沉默一段累積決心的空白後，他才終於開口——

「我的心臟，可能不太好。所以……」

感覺，至今看見的所有景色瞬間失色了。

2

六月九日（週一）

在自家的早晨：沒有特別變化。

學校的班會時間：講期末考的事情，還有老師的玩笑話（沒什麼特別值得寫的）。

第一節下課：和小泉聊週六的事情。到公園野餐的事。當天的便當全都是小泉準備的，所以我說我下次會努力。小泉笑了，瞧不起我，要我別做菜比較好，可惡啊。

第二節下課：小泉跑出去，大概是去圖書館。鈴木同學問我放學後要做什麼，我含糊回答我有事，她有點不滿。接著開心聊天，聊了她喜歡的實況影片等等的事情（追加在「記事本」人物欄內）。好不容易挽回了嗎？

第三節下課：和小泉聊天，聊到我們和鈴木同學她們開始有點疏遠的事情。小泉說著，哎呀，真織還有我啊，給我勇氣。我笑著說這麼說也是，她開玩笑地說高嶺之花可無法輕易觸碰呢。

第四節下課：和小泉聊天。一轉眼就六月了呢，我裝傻回，但對我來說，這全部都是轉眼間就是了啦。小泉愉悅地說我這話說第二次了。這個玩笑話要多注意（追加在「記事本」人物欄內）。

午休：和小泉一起吃午餐。小泉的午餐是自己做的培根生菜番茄三明治，不公平啦。

第五節下課：小泉最近迷上紅茶，她喜歡格雷仕女茶，聽說這是格雷伯爵為他的妻子所做的紅茶。我也想要喝喝看，話說回來，原來格雷是伯爵的名字啊。

放學後：小泉說她幫忙媽媽的工作也告一個段落，問我接下來想要做什麼。

騎自行車雙載、家庭餐廳、電子遊樂場、卡拉ＯＫ、假日去水族館、遊樂園。

我提了許多意見後，除了自行車雙載外全部ＯＫ

然後，明明說不能做違規行為，今天卻決定要騎自行車雙載。小泉仍舊是個配合度超高的人。在停車場找到被棄置不理的自行車，小泉自告奮勇要修爆胎，順利修好了。

為了不被老師和警察發現，我們在離道路有點遠的田間小路雙載。

好有趣，風好大。回想起來也感覺好開心、好青春。早上的絕望彷彿一場夢。我真厲害、我真棒，和小泉變成好朋友真是做得太好了。

就算有失憶症，我或許每天也能這樣開心生活。

雖然雙載有點恐怖，但怪異的笑聲從肚子深處跑出來。小泉也一起笑。盡情享受雙載後，我們牽著自行車回學校。

小泉問我明天的事情。她說，如果我明天還想騎自行車也沒關係，說連續兩天也不介意。

現在的我的唯一優點。

每件新事物一直都是新事物。不管幾次，都能開心享受每一次的新事物。

我稍微開朗起來了。小泉，今天也很謝謝妳。

去補習之前打開筆電讀我高中時代的日記。

我到底是第幾次讀這天的日記了呢？

很遺憾，寫在日記上每天的記憶，並沒有留在我腦海中。但那讓我莞爾。在日記中呼吸行動的我，無庸置疑就是我。

我有個沒對補習班同學說過的秘密。

從高二四月快結束時起約三年時間，我得了失憶症。

一旦睡著並且大腦開始整理記憶後，我沒辦法留下一天的記憶，會全部消除。這是相當特殊的失憶症，世界上有幾個病例，但這個疾病無從治療起，只能仰賴人類自然的治癒能力。

而這個治癒能力越年輕效果也越好，我在三個月前的四月開始恢復了。

也就是說，我現在記得昨天的事情。

我現在也相當清楚記得那天的事情，前一天晚上睡覺前感到很不安。

早上醒來後，我會忘記過去一整天的事情。

在這種狀態中也能高中畢業的事實，讓我驚訝之外也給了我些微類似希望的東西。

但即使如此，不安還是不安。

我每天早上都會確認電腦裡的記事本和日記內容，得知自己現在的狀態，以及在這之前的事情都僅限當天。

多虧雙親和小泉無私奉獻幫忙我，我才能從高中畢業，重新拾起國中畢業後放棄的美術，以及每週會去繪畫教室的事情，全都是透過電腦得知。

得失憶症的我無法累積資訊類的記憶，但似乎有辦法累積被稱為「程序性記憶」這種扎根於感覺上的記憶。

這也能套用在繪畫技術上。高中畢業後，我偶爾會和小泉出去玩，但一天大半的時間似乎全花在速寫本上。

實際上，在失憶症恢復的前一天，我讀完日記後也在畫畫中度過。

可以畫出想畫的線條，可以直覺捕捉人與物品的線條，那是很新鮮的喜悅與感動。

但晚上要睡覺時很恐怖，不睡覺也只是讓隔天的自己痛苦而已。雖然恐懼但還是躺上床，身體逐漸失去意識。

隔天早上起床時，我腦袋出現「唉，結果還是睡著了」的感想，雖然有些微的不對勁閃過我的思緒，但我把那當成睡醒時常有的事情，不怎麼在意。

在朝陽的照耀下下床，我高中時似乎很早起床，但畢業後就跟著朝陽一起生活了。

惺忪的睡眼看著牆壁上的紙張。

《我因為車禍而得了失憶症，先去看電腦內的記事本和日記吧》

《但我高中畢業了。我很努力了呢》

《一日入魂》

《別忘記感謝家人》

我呆呆看著這些，終於發現睡醒時感到的不對勁是什麼。

明明應該會全部忘記啊！但我記得昨天的事情。

這一般來說相當正常的接續，讓我腦袋一片空白。

和昨天早上相同，有人敲我的房門。是母親。我應門後她開門進房，看見我直盯著紙張看而相當訝異。

我不知道該做出什麼表情才好，轉頭看母親——

『媽媽，記憶障礙在早上醒來時，也會暫時還記得嗎？我很清楚記得昨天的事情耶……』

我說完後，母親睜大眼睛不知該說什麼。

至今似乎不曾發生過這種事，母親慌慌張張去喊父親，我雖然混亂，也逐一想起昨天發生的事情。

父親也來了之後，三個人一起確認昨天的事情，我的記憶很正常。

他們說或許是因為睡眠太淺，還要我再去睡一次。

我原本就是一起床就很難再入睡的人，現在意識如此清晰根本辦不到啊，感覺吃安眠藥也沒有用。

母親說著去醫院吧就開始做準備，父親也說要聯絡公司上午請假就回自己房間了。

我雖然對父親說不用，但他很頑固，不肯聽我的話。

父親說著「這很重要」、「要不然對不起他」。大概是有點混亂吧，父親說出有點奇怪的話。

總是很冷靜的兩人坐立難安，在診療時間三十分鐘前就抵達醫院。我們在車子裡等待時間過去。

進入診間向醫生說明現狀，和雙親一起確認昨天的記憶。

也做了詳細檢查，但醫生說那沒什麼太大的參考價值。

醫生說再觀察一下，明天要再來醫院一趟。在回家的車上，父親和母親大概是看見希望了，相當開心的樣子。

我也不清楚是不是開始痊癒，但父親開朗地說『沒問題啦』，但和他嘴上說出口的相反，感覺他偶爾會看向遠方，像忍耐著什麼似地緊緊握住方向盤。

隔天我和母親兩人一起去醫院。

包含昨天在內，我連前天的事情都記得很清楚。

那隔天、再隔天、又再隔天。

『還沒有辦法完全確定……但真織小姐應該正逐漸從失憶症中痊癒。』

醫生如此表示後，母親摀住嘴巴轉過頭去，壓抑聲量哭泣。這是我第一次看見母親哭泣的身影。

我打電話給父親，告訴他醫師診斷的結果，父親在電話那頭笑著說『看吧，跟我說的一樣』，但最後聲音卻帶著哭聲。

我也告訴就讀縣內國立大學，已經升上大學二年級的小泉這件事，她立刻跑來我家。

『真織，真的像妳在電話裡說的，妳的失憶症真的治好了啊。』

『嗯！太好了，小泉，真的太好了。我還完全沒有真實感，有種該不會遇到超大型整人遊戲的感覺。因為啊，前幾天的我還是高二生耶，但是，時間還是確實不停流逝，但是醫生說我正在慢慢痊癒，這樣耶。』

在我興奮訴說時，小泉一瞬間露出對什麼很不甘心的表情。

但那或許只是我的錯覺，她下一秒立刻笑出來。

在那之後，我沒再失去任何一天的記憶，過著日常生活。

我決定要念大學，於是開始去補習班補習，現在是重考生。

週末以外每天都去補習班，為了要重拾落後的部分，相當認真努力。

即使如此，偶爾還是會受到什麼殘留的東西影響，會重讀失憶症時每天用電腦寫下的日記。

剛剛讀的是高中時代的日記，和小泉一起騎自行車雙載在田間小路奔馳的內容。該怎麼說呢，有種女生的青春的感覺。

多虧有小泉，我每天都過得相當開心。她人到底是有多好啦，幾乎每天都會實現我的任性要求。

高中用的手機似乎壞掉了，所以很遺憾，沒有辦法確認當時的照片和影片。但電腦中的日記還確實留著。

抬不起頭來啊，如果沒有小泉，我肯定沒有辦法從高中畢業。我非常感謝相信我的新人生，拉著我到高中畢業的她。

我抱著感謝之意，且能持續抱持這份感情，過著我的日常生活。

早上醒來，確認還有昨天的記憶。

吃完早餐後做準備，搭電車去補習班，在補習班裡也交到朋友。

彼此抱怨、互相歡笑，把這種理所當然的事情當成理所當然，我可以過著日常生活。雖然年齡虛長了幾歲。

晚上讀書讀累了，我會畫畫放鬆一下。

以前似乎有去繪畫教室，但我的技術沒有好到能考美術大學。我也覺得這樣就好了，覺得把畫畫當作我的喜悅就好了。

就這樣過著每一天，秋意開始轉深的週日早晨，我在房間裡找到一本陌生的速寫本，彷彿被我藏起來一樣擺在書櫃後面。

讀書休息時想要轉換心情，結果發展成大掃除，如果沒有大掃除，應該不會發現吧。

我拿著它走到陽台拍掉灰塵，翻開頁面，上面畫著一個陌生的男生。

瞬間，我的心臟伴隨著刺痛用力跳了一下。

咦？這是什麼？

我這麼想著一度闔上速寫本，心臟仍激烈跳動。

噗通、噗通，彷彿拚命想要告訴我什麼。

回想那張畫，那是我的筆觸，也就是說，那是過去的我畫的畫。

我沒有記憶，所以那肯定是我失憶症時期畫的畫。

但是，為什麼會放在那種地方。

有什麼哽在心頭，但我想不起來。這是不想要讓別人看見的東西嗎？

不想讓人看到？舉例來說呢？

舉例來說……是我畫下喜歡的人的畫，之類的。

不禁傻眼失笑，怎麼可能在有失憶症的情況下喜歡上誰啊？

而且就連現在，不知為何我從沒有想要喜歡上誰。

補習班有各種類型的男生，也有在班上深受好評的人和我覺得很帥氣的人。但就算那些男生和我說話，我心中「不錯耶、有點喜歡」的心情完全不為所動。

我邊想著再次打開速寫本，那是個看起來有點不可靠，但可以感受到他濃厚溫柔的男生。

不可思議的是，有那個男生要笑不笑的微笑、害羞笑容、側臉等各種畫，但沒有他正面微笑的畫。

當我注視著畫時，心臟再次用失常的速度用力鼓動。

這個人到底是誰？

我讀過好幾次，但感覺日記中沒提過這個人。

母親會知道嗎？總覺得問母親這種事很羞人。

那麼，小泉呢？

我原本想要拍照傳訊問她，但想到今天下午約好要見面。

那麼，到時再問她吧。

我邊這樣想，又低頭看向速寫本上的男生。

3

「我的心臟，可能不太好。所以……」

神谷如此開口後，我的思考一瞬間當機。

回過神後，想到神谷不是會開這種玩笑的人，讓我不知該說什麼。

「這、這樣啊……但是，是那樣吧？不是立刻會怎樣，應該不是那種吧。」我想要吹散嚴肅的氣氛，用著失敗的口吻回應後，神谷輕輕微笑——

「嗯，只是個可能性。其實昨天，大概是太累了吧，我昏倒了。」

而且聽說是毫無預兆，突然發生。

昨天神谷和真織也到圖書館見面，回家路上，他騎著自行車時突然感到很痛苦。

他在路旁停下自行車，覺得不可思議並試圖讓自己平靜下來時，雙腳頓時無力，當他想扶住自行車貨架時，連同自行車一起倒下了。

再次醒來時，神谷人在醫院病床上。

似乎有路過的人目擊神谷倒下，立刻替他叫救護車。

說單純或許有點怪，但他的症狀就是單純失去意識，很快就恢復了。不過那可能起因於心臟，所以決定過幾天要做詳細檢查。

雖然說過幾天，但還是要盡早，而且需要有人陪同。

考量醫院方面的預約後，決定兩天後檢查，也就是明天。

「因為我母親是心臟病猝逝的，我小時候就做過各種檢查。當時沒有發現明確的先天性疾病，但我父親相當慌張，所以明天要去好好做檢查。」

我記得之前有聽他說過以前做檢查的事情，但這是第一次聽到他母親的事。我努力用若無其事的語氣回應，也辦到了。

「這樣啊，那，那個啊，如果我有什麼能幫忙的，你別客氣儘管說。但是，我也只做想做的事情啦。」

我半開玩笑說完後，神谷淡淡笑了。

說起玩笑話，我過去也曾說過「你可別因為太辛苦倒下啊」之類的話。

雖然知道玩笑話不可能造就事實，但我還是有點心慌。

神谷聽到我這麼說，一時露出猶豫的表情思索該怎麼說。

接著突然變得相當認真。

「那麼……如果，我是說如果，這種事情該怎麼說呢？沒有什麼事情是絕對，所以我想要趁著想到的時候，就要趕快拜託。也不是這次的事情會怎樣，只是啊，人真的會突然就走了。」

「咦？喂，神谷你等等，你在說什麼？」

乾冷的風吹拂，那個凍得發寒的觸感甚至滲入心中。

「如果我死了，我希望妳能把我從日野的日記裡全部刪除。」

所有話語從我的意識中消失，我只是望著眼前這個溫柔的男人。

如果，神谷死了……

「雖然這樣說，日野的日記寫在筆記本上，她似乎還把重要的事情統整在記事本上。所以無法單純消除，而是要把記事本和日記的內容移到電腦裡，只把我的部分刪除，相當麻煩就是了。」

當神谷繼續說到這邊，我心中巨大的感情，伴隨著聲音一起出口——

「什、什麼啊，那什麼啦！」

我害怕地看神谷的眼神，彷彿只有那裡被截取下一般，他的眼神清澈且寧靜。

「這件事很重要。」

「我才不想要做那種事，你自己做不就得了。」

「說得也是，真的是如此。對不起，我說了奇怪的話，但我希望妳聽我說。」

「我不要。」

我耍任性地拒絕，但神谷只是苦笑著繼續說——

「我和失去記憶前的日野幾乎沒有交集，所以……如果我死了，只要我不在日記中出現，那在日野心中就會變成從來沒有發生過。」

這句話，讓我想起過去也曾有類似的事情。真織精神不穩定的那段時間，是真織親手把那些日子從日記中刪除。

「那確實或許能做到，但神谷，你這樣真的可以接受嗎？」

把自己從情人心中完全刪除，根本不可能有人如此希望。

神谷看著我的眼睛笑了。悲傷地，笑了。

「我覺得這樣就好，雖然寫成分手了也可以，但日野或許會想要找我。然後發現我死了，感覺會對她的精神造成不好的影響。那麼，雖然有點費工夫，讓我打從一開始就不存在比較好吧，讓我們從沒有過這段關係比較好吧。」

神谷說出一連串的悲傷話語，讓我低下頭。

「但是，什麼啦……說什麼死不死的，不會有事啦。」

「嗯，我知道。但我覺得，人類存在本身就像是個奇蹟。不覺得很厲害嗎？和工業製品不同，那裡沒有設計圖，也沒有熟練的工匠。在母親肚子裡成長，然後被生下來，從那時開始，不，是從那之前就活著耶，我覺得那就像是個奇蹟。因為不像機器人按照設計圖製作，所以有異常也沒辦法馬上察覺，不能動了也沒辦法換個零件就恢復。像這樣活著，其實我也不太懂，就很不可思議，但又很厲害，同時也很恐怖。」

神谷說完後，靜靜看著自己的左胸。

回想起來，我當時要是有對神谷說些什麼就好了。

有對神谷，說些什麼就好了。

像是「你這麼做，你覺得真織會開心嗎？」之類的。

但結果，我還是沒把這句話說出口。因為我感覺，神谷所說的話，有一點，真的有一點點正確。

因為精神不穩定的真織，一瞬間閃過我的腦海。

還有真織雙親一直擔心的併發症……

「對不起，我說了奇怪的話。」

在我沉默以對時，神谷對我微笑。確認時間後，說著「我差不多該走了，那麼，改天見囉」就離開了。

只在我心中留下淡淡的笑容。

隔天晚上，神谷透因為心因性猝死而過世。

當天晚上，我從神谷的姐姐口中得知這個事實。

很在意檢查結果的我，晚上打電話到神谷的手機。

完全沒有接通的跡象。我也不知道是不是真的，但我想起以前神谷曾經說過他很少看手機，所以沒辦法，只好先掛斷。

接著大約三十分鐘後，我接到神谷號碼的來電。

我鬆了一口氣接起手機。

「真是的，你也把手機帶在身上吧。然後咧，檢查的結果怎樣？」

「啊……檢查的結果，當時沒有發現明顯的異常。」

我立刻發現那不是神谷的聲音，但那是曾在哪裡聽過的聲音。

「咦？啊，那，那個，神谷呢？」

我一問，那個清澈的聲音悲傷地告訴我——

「阿透……我弟弟，因為心因性猝死，已經過世了。」

時間才剛過晚上九點不久。

房間伴隨著無限的寬敞不停擴張、擴張，我陷入從腳邊被空間吞噬的錯覺。他姐姐在我耳邊說著什麼。

聽說神谷在將近兩小時前，在家裡昏倒過世了。

我聽著一連串的事情，跌入混亂的深淵中。人會突然，過世。

昨天為止還在身邊近距離接觸的人，就這樣死了。

他姐姐說明天再對我詳細說明，我們約好明天下午三點見面，就這樣暫時掛掉電話。

當我聽著不停往意識逼近的悲傷浪濤聲，那不知何時轉為心跳聲。

在這個充滿失去的世界中，我對死亡毫無防備。

神谷因為有母親驟逝的經驗，對死亡有所防備。

說那種話嚇我一大跳，然後……

明明毫無意義，我開始上網查心因性猝死的資料。身體不停顫抖。如果不做些什麼，感覺我就要被這類似畏寒的震顫吞噬。

《有些疾病會讓原本以為很健康的人，在某天突然猝死，其中一個就是心因性猝死。這絕非不關己事，隨時隨地都可能發生在任何人身上。這比因交通事故死亡的人數更多，日本一年有將近六萬人死於心因性猝死。平均七分半鐘就有一人死於此疾病。》

《雖然國中小學普遍實施心臟健檢，即使如此還是常見在上課中發病的病例。過去十年間有超過三百人猝死，在學校管理外的人數更多……》

《近年民眾已廣泛認知ＡＥＤ的必要性，車站與公共設施也積極設置，但尚未推廣至家庭內。利用ＡＥＤ救治只要晚一分鐘，存活率就會下降百分之十，如果救護車超過八分鐘才有辦法抵達，存活率就會下降百分之八十。》

我毫無情緒地看著這些文字的排列。

突然，我想起神谷說過的話。

『我覺得，人類存在本身就像是個奇蹟。因為不像機器人按照設計圖製作，所以有異常也沒辦法馬上察覺，不能動了也沒辦法換個零件就恢復。像這樣活著，其實我也不太懂，就很不可思議，但又很厲害，同時也很恐怖。』

就像是奇蹟……那麼神谷的奇蹟，已經，結束了嗎？

這麼一想，我眼睛發熱，淚水湧出。

我趴在桌上放聲大哭，像個孩子般大哭。

隔天中午過後，百般煩惱的我決定去真織家。

真織自從得到失憶症後，除了我之外，極力避免和其他朋友來往。

這其中有各種理由，就算只是用通訊軟體每天聯絡，應對也會相當辛苦。不僅如此，大家確實朝著未來前進這件事，也可能對每天的真織造成嚴重打擊。

因為導師也知道內情，應該不可能直接告訴真織神谷的死訊。

但真織的日記中有神谷，她遲早會發現神谷不在。

那麼，身為他們倆的朋友，就得由我來說這件重要的事。

我下定決心在真織房裡告訴她神谷的死訊，真織嚇得說不出話來。

「神谷……神谷透同學，是我的男友先生對吧？」

我低下頭，真織悲傷地繼續說——

「騙人，怎麼這樣……我還只讀了日記重點整理的地方，但我很期待今天和他見面。他應該是對我來說相當重要的人……」

在我無法抬起頭時，我聽見壓抑嗚咽的聲音。

抬起視線一看，真織哭了。

表情因為悲痛扭曲，淚水從她的大眼睛中流出。

「為什麼啊，好奇怪喔，我明明沒有那個人的記憶，太奇怪了。淚水、淚水停不下來。明明也只在照片上看過他的臉而已，我們的互動，也只有日記記得而已啊。但為什麼呢，太奇怪了。」

「真織……」

我沒辦法好好接話，即使如此還是想回應什麼。

「一點也不奇怪，雖然我不知道你們兩個是怎樣想你們的事情，」

胸口的痛楚，讓我停下來吸一口氣。這個痛楚與痛苦，神谷都沒辦法再體會了。為什麼是神谷？為什麼、為什麼？那麼溫柔的神谷，為什麼啊……

邊這樣想，我邊拚命繼續說——

「你們兩個是天造地設的情侶，和有沒有記憶一點關係也沒有，也和時間長短沒有關係。你們兩個真的很喜歡對方，所以……」

我接下來語不成聲，也跟著流淚。

接著在真織詢問下，我說起神谷這個人。

神谷有多麼珍惜真織，他們兩人之間的氣氛，去哪些地方玩等等的事情。越說越多，我們越無法接受神谷已經不在的事實。

但時間確實流逝，我和真織兩人，決定一起去見約好要見面的神谷姐姐。

帶著輕飄不穩的腳步與思緒，我們搭電車加上步行前往神谷家中。

按下電鈴，神谷姐姐出來應門。

雖然透過雜誌及螢幕看過很多次，昨天也講了電話，但這是我第一次直接見到西川景子本人。

我們在她的邀請下，在常和神谷一起喝茶的餐桌旁坐下。

未曾見過面的神谷父親，這天似乎去各個地方辦事情。

一問之下才知道神谷的遺體安置在醫院中，現在正在準備守夜與喪禮儀式。

姐姐接著用緩慢且確實的語調告訴我們神谷過世前的詳細狀況。

姐姐陪同神谷一起到醫院做檢查。

在得到芥河賞後的這一年半內，姐姐受到許多媒體的介紹。

得獎後的第一本作品也在今年一月發售，世間一般的評價也極高。

姐姐在百忙之中還抽空陪他去檢查，可以看得出來相當擔心吧。

神谷和姐姐上午很早就到醫院去聽說明後，接受檢查。

一直到下午才檢查完畢，當天沒辦法馬上知道結果，但似乎沒發現心臟有明顯異狀。

檢查完後，兩人一起回家。神谷父親也比平常早回家，姐姐告訴他檢查沒有明顯異狀。

父親鬆了一口氣，神谷泡了個睽違兩天的澡。當神谷回到客廳時，父親和姐姐兩人正在準備晚餐。

神谷看著這一幕微笑，姐姐問他，他似乎這樣說——

『不，事情過去後就覺得沒什麼。只是單純覺得真好呢。』

姐姐要神谷好好靜養後，和父親一起做飯。

此時，背後突然傳來什麼倒下的聲音。

兩人一轉頭，神谷已經倒在地上。姐姐急忙叫救護車，替他做人工呼吸和心臟按摩，但毫無反應。

救護人員急忙抵達開始救治，但神谷沒有恢復意識。

在那數十分鐘後，醫院宣告神谷死亡。

時鐘秒針的聲音，在我們三人間響起。沒有任何一個人有動靜。

我們到底就這樣維持多久了呢？

「其實我很清楚妳們的事情喔。」

姐姐看了我，接著看了真織。

我吞了一口口水滋潤乾澀的喉嚨，開口問——

「是神谷……透同學說的嗎？」

「是啊，他總是很開心地說著。和真織也在鄰鎮的煙火大會上打過招呼，妳順向失憶症的狀況，在那之後怎樣了呢？」
姐姐詢問低著頭的真織。
我和真織都嚇得瞪大眼。
「咦？為什麼會知道我的症狀……」
真織一回應，姐姐露出詫異的表情。
原來神谷有對姐姐說關於真織的失憶症啊。他們是家人，說理所當然或許也是理所當然。
但真織不知道神谷知道她有失憶症的事情。
我倒吸一口氣，姐姐繼續說——
「對不起，我不知道是不是有什麼原因，但阿透他知道妳的症狀，卻裝作不知情啊。」
「我，我……瞞著透同學自己的病情。但，但是，他，那個……」
真織接著開始說起她和神谷之間的關係。
其中也包含了連我都不知情的事。
神谷對真織的告白，其實是為了要保護他的朋友。
他們是一對有交往條件的情侶，以及第三個條件是……
「但是，阿透真的喜歡上妳了，至少我看起來是這樣。」

姐姐這句話讓真織一瞬間說不出話來。

「我不知道，我不記得，真的全部都忘掉了。要是沒有日記，和他共度的每一天也會全部像是沒發生過，就是這種狀態。」

真織斷斷續續地說出她的痛苦。

但她沒有停止說話。

「但是，每一天的我都從他身上獲得莫大勇氣。他，透同學似乎這樣說。他說，我也會讓明天的日野過得很開心。這句話，真的拯救了每一天的我。實際上，我今天也非常期待可以見到透同學……但是……」

真織再次低頭，姐姐接著說——

「謝謝妳告訴我。但是，沒辦法累積記憶這件事不是誰的錯，而且阿透是在知道這件事的情況下繼續和妳交往的。阿透肯定也很開心吧？煙火大會那天，我看見和妳在一起的阿透，嚇了我一跳。沒想到那孩子竟然能如此喜歡一個人……我完全沒想到。如果在最後一瞬間，他能在腦海中想起哪個人，那他肯定也很幸福。謝謝妳，真的。」

我等待真織冷靜下來，問姐姐今晚守夜的時間和會場後，和真織一起離開神谷家。

腦袋從昨天起就處於嚴重混亂中，我到底該不該做「那件事」。

神谷死後，這世界上只剩我一個人可以繼承他的意志。

我一度和真織朝最近的車站走去，接著又說我有事要對姐姐說，單獨折回神谷家。

因為真織現在的狀態讓人不放心，於是我招了計程車送她回家。約好晚一點再見後，我和真織道別。

我再次按下神谷家的電鈴，姐姐一臉驚訝。

「妳……怎麼了嗎？忘了東西嗎？」

「不，那個，透同學拜託了我一件事情，然後……我已經沒有辦法判斷，所以想著能不能請教妳的意見。」

姐姐大概發現我想抓住救命稻草的心情，或者是對弟弟的拜託產生反應，她沉默了一會兒之後點點頭。

「我知道了。」

坐在餐桌旁的我，把真織和記事本、日記，以及併發症的危險性全部說明了一次，接著告訴姐姐，神谷拜託我把他從記事本和日記上刪除。

姐姐聽完後，沉思了一段時間。

「如果妳能把正本或是影本拿來給我，我來把記事本和日記內容數位化。我想我應該能把阿透刪除後，再把事情合理化。我很擅長這種事情。」

我不知道我該對姐姐說的話如何反應。

但是，我回想起告訴真織神谷的死訊時，她的失落以及焦躁，我問姐姐——

「姐姐，妳真的覺得這樣做比較好嗎？」

我自己心中沒有結論，這應該也需要對真織的雙親說明吧。

但是……只要執行這件事，神谷就會完全從真織的日常生活中消失。

但如果留下，真織或許每天都會很痛苦。

「我認為，這件事沒辦法比較好壞。」

姐姐如此回答我的提問。

「這個世界由話語構成，而人類會想要依賴這些話語。只要覺得好，任何事都會變好事；只要覺得壞，任何事都會變壞事。我認為這次的事情特別是如此，因為不確定結果。如果不把阿透從日記刪除，真織可能會非常痛苦，而看見她痛苦，妳可能也會想，要是照阿透所說的做就好了而痛苦。相反地，如果把阿透從日記刪除，或許就能拯救現在的真織，但是妳的良心可能會受苛責。但那些在此時此刻都無法確定。」

我只是靜靜地聽姐姐說話。

「如果活在不得不活的人生，是我們人類最自然的樣貌，那麼真織痛苦地活著，和我們受良心苛責地活著，我認為都是正確的樣子。只不過……綿矢同學，阿透把這件事託付給妳，所以，要由妳來決定。只以妳想不想這樣做為基準，我遵從妳的判斷。如果妳自己沒辦法決定，把我當理由就好了。如果這是阿透的遺志，那我想要替他實現，但是……」

姐姐在此低下頭，沒辦法繼續說下去。

我又像過去那樣，快要因為自己的不中用而消沉了。
結果我沒辦法當場下定決心，再次離開神谷家前往真織家。
真織在自己房裡，宛如重病般俯臥在床。
我開始想像真織的明天。
早上醒來，先接受自己現在得失憶症的狀態，得知男友的存在。
但她的男友過世了，只留下記錄著開心日子的日記。
每天早晨，真織都必須面對這兩件不講理的事。自己的失憶症，以及男友的死亡。
也有併發症的危險性，每天只能在悲觀中活著……
不，別再這樣了，別再利用真織的狀態來正當化自己的行動，最終就如同姐姐所說，只取決於我想不想要做。
而且，我不是常說大話嗎？
我只做想做的事，不做做不到的事。
和真織商量，絕對會被她阻止吧。我不再猶豫了，所以，我決定獨斷去做這件事。
如果要做，越早越好。
我知道真織把記事本和日記收在哪裡，真織也沒有辦法老是躺在床上。趁她去洗手間時我打開抽屜，下定決心把記事本與所有日記全收進包包裡。等到真織回房後，我對她說要去超商然後出門了。

把記事本和好幾本日記影印後，我買來信封袋分別裝進去。

等我回到真織的房間時，外頭已經開始轉暗。

如果真織發現記事本和日記不見，我打算找藉口敷衍她。我打算說「我認為讓現在的真織讀日記不太好，所以我偷偷收起來了」。

但真織什麼也沒說，燈也沒開，以和剛才相同的姿勢躺在床上。

看來她剛剛似乎沒有想要看記事本和日記，我花了不少時間影印，她似乎也沒有覺得奇怪。

雖然時間有點怪，但我說我買了零食，問真織要不要喝個茶。今天還要守夜，我們兩人的這天還很漫長。

真織無力地起床，說她要去廚房泡茶就走出房間。

我趁著這時候把記事本和日記放回原本的地方。

我們算好，在姐姐告訴我們的時刻前能抵達守夜會場的時間點出門。

我到了會場後，不動聲色地偷偷把裝有影印本的信封袋交給姐姐。

這是我第一次和喪主的神谷父親說話，但他比從神谷口中聽到的更加可靠，強忍悲傷，毅然地做出父親該有的舉止。

看見真織時，神谷父親發現了什麼，朝真織深深一鞠躬。我知道他們兩人之前在煙火大會上見過面。

「真的非常謝謝妳特地過來，故人……阿透肯定也會很開心。」
大概，只有我發現，水珠滴落在神谷父親的腳邊。
上香時，真織邊發抖邊凝視著棺材內神谷的臉。

隔天中午前，擔心的我到真織家看她時，她的表情相當沉重。
看來她把神谷的死寫在記事本和日記上，而且已經讀完了。
昨天，我這次是有明確的意圖，沒有阻止真織將昨天的事情寫在日記上。
雖然覺得很抱歉，但我想要親眼看見真織本來會有的狀態。
接受了男友過世的事實時，真織到底會怎樣反應。
她雖然活著，但其實已經死了吧。真織憔悴得讓人不禁如此認為。
下午，我獨自一人去見神谷姐姐。
神谷的父親說「包在我身上」，現在似乎正在準備喪禮。
姐姐昨晚一夜未眠，把記事本和日記用電腦數位化。她不單只是把與神谷有關的內容刪除，還巧妙地將敘述合理化，把神谷替換成我。
實際上，三年級時我已經和真織不同班，姐姐改成三年級也和二年級時同班，相關人際關係的變更也不會讓人感到不對勁。
姐姐對我說明改寫時變更了哪些部分之後，拜託我看看有沒有哪裡不自然。

我點頭後，姐姐表示她要小睡一下，走進神谷的房間。

當我想著那個人沒有哭，還真是個堅強的人時，就聽見了她壓抑音量的哭聲。我的情緒也在此染上強烈的悲傷色彩，淚水滿溢而出。

但現在不是哭泣的時候，我想起該做的事情，擦乾了眼淚。

我邊比對真織原本的日記和數位化後的日記進行確認。

不管哪個日記，哪一頁都有真織和神谷的記憶。

兩人開心笑著，從日記中可以看見那幅光景。

神谷就是這樣……不，阿透就是這樣支持著真織啊。

我如此一想，淚水又再度冒出。

4

在那之後幾天，阿透的喪禮結束，我也確認完畢了。

瞞著真織，真織的雙親、我和神谷姐姐一起討論接下來的事情。真織的雙親從阿透生前就知道他的存在，他們深深地感謝他，也感到十分遺憾。

姐姐說著「這是弟弟最後的任性」，想要出錢買新手機給真織，但在真織的雙親堅持下，最後雙方各出一半。

辦好手續後，我收下那支手機。

真織現在的手機中有阿透，在影片中、在照片上、在訊息裡，在我和真織通訊軟體的對話中。

想要消除這些痕跡，就得要更換全新的手機。

關於突然換新手機這件事，已經討論好由真織雙親對她說手機壞掉了。在數位化的記事本和日記上也確實寫上這件事，而通訊軟體資料轉移就……當作失敗了。

接著在阿透喪禮三天後的早晨。

我事前已經和真織雙親商量好，一大早就到真織的房間去。

因為真織持續衰弱，在母親的建議下，她現在和父母一起睡。

我邊吸進寂寥早晨的空氣，邊打開主人不在的房間裡的書桌抽屜。

拿起好幾本日記本以及記事本，萬般小心收進我的包包中。

把真織的電腦放在她的書桌上，開機，接著把姐姐給我的記事本和日記的檔案，從我的終端裝置全部複製到電腦的桌面上。

姐姐也虛構了從阿透過世那天到昨天為止的日記，甚至還用免費軟體調整檔案和檔案夾建立的日期時間。

從今天開始，真織就會讀電腦上的手冊與日記內容，認知自己的狀態與日常生活，接著繼續在上面寫上新的生活。

真織的手機就放在另一張桌子上充電，我拿出新手機，邊參考真織的手機，把資料轉移失敗後，登入通訊軟體。

過去我和真織的聊天內容，有阿透的那些內容，真織已經看不見了。

這樣一來，真織再也不會看見和阿透共度的日常了。

『到時候，後續的事情就交給妳了。』

過去和阿透開玩笑的對話在我的記憶中復甦。

我忍不住當場仰頭。阿透，這樣真的是對的吧？

這麼說來，結果我到最後都不曾喊過你的名……

把新手機放在桌上，再將真織的手機收進包包裡。這預定交給我來保管。

有大量的速寫本，我只把畫有阿透的頁面謹慎地撕下來，收進事先準備好的大資料夾內，也把速寫本裡的紙張碎片清理乾淨。

接著對照確認清單，看有沒有漏掉什麼。

忘了重要的事情，我得換掉貼在牆壁上的紙！這麼想著，我把頭轉過去。

《我因為車禍而得了失憶症，先去看桌上的記事本吧》

《但我高中畢業了。我很努力了呢》

《一日入魂》

《別忘記感謝家人》

這些一直守護著真織，原本只是毫無靈魂的白紙們。

我像在做背叛它們的事情，無法長時間直視。

《我因為車禍而得了失憶症，先去看電腦內的記事本和日記吧》

如果只有一張可能會讓人感到不自然，我把真織手寫的紙張換成我列印出來的紙張。紙張上的內容我全都記得。

但是，在做這件事時，我發現了無法理解的東西。某張紙後面貼著一張便條紙，看見便條紙上的內容，我停下動作。

《失憶症治好之後，也要記得神谷透同學喔。重要的東西，好好收在重要的地方》

為什麼在這種地方？我無法不思考其中意義。

撕掉紙張的時候……也就是失憶症開始痊癒時，希望自己可以看到這篇文章，所以才這麼做吧。

我想真織應該沒有發現我和姐姐做的事情，但她或許察覺到什麼了。或者這只是表現出她對阿透的強烈感情。

我有點想哭，但不管怎樣，這些也得全部收走才行。就算把便條紙重新貼到新的紙張背後，真織總有一天會發現吧。

我把紙張和便條紙全收進包包裡，換上列印的新紙張。

關掉燈，關上房門前轉過頭看。

新換上的冰冷紙張，目不轉睛地盯著我看。

在那之後，看電腦變成真織每天必做的事情。閱讀數位化的過往記事本內容與日記，接著加上自己新的每一天。

真織母親也告訴她，那是她從之前養成的習慣。

資訊全部更換後的隔天見面時，真織明明不知道阿透的死卻相當痛苦。她似乎無法理解，自己的身體狀況怎麼會這麼糟。

「通訊軟體的資料轉移似乎失敗了，糟透了啦。和妳的開心每一天都留在上面耶，已經都看不到了。」

真織相當沮喪地說著，我從正面緊緊擁抱她。

「沒關係啦，我們接下來再做很多開心的事情吧。不只在訊息上，現實生活中也相同。我，我……我會讓真織的明天也過得很開心，好不好？」

真織對我突然的舉動感到不知所措，但最後答了「嗯」，把頭靠在我的肩上，接著又說「小泉，謝謝妳」。

又過了兩、三天之後，真織慢慢恢復了。

人類的自然治癒力，讓我感到開心又悲傷。

四月來臨，真織過著新生活與新習慣。不知何時，她已經恢復成以往的真織了。

我升上大學後，也盡量週末都會和真織見面。

真織平常會到鎮上的繪畫教室上課，或者到公園去散步。

總是和阿透兩人走在一起的真織，我偶爾會看見她單獨走在站前的身影。

明明決定性地少了什麼，真織卻沒有發現。

這幅光景，讓我痛苦得無法忍受。

四月底某天，那天天氣很好，我和真織一起到公園散步。

那是阿透和真織第一次約會的地點，也是我們升上高三之前的春假一起賞花的地方。真織說她想要去那邊。

走在櫻花已經凋謝的公園內，真織努力想表達什麼——

「該怎麼說呢……我覺得，我好像忘記了什麼非常重要的事情，完全想不起來。嗯，這也是當然嘛，因為我每天都會忘掉那天的事啊。」

在那又過了將近一年的歲月，真織的失憶症開始痊癒。

接著開始上補習班，季節進入秋天的現在——她拿著畫有阿透的速寫本，在咖啡廳裡問我。

「欸，這個是誰啊？」

她這麼一問，我的腦海中閃過各種想法。為什麼真織手邊還有阿透的畫，我應該全部收走了啊，是哪裡還有遺漏？

我喝了口水。

不，話說回來根本沒必要隱瞞阿透的存在。真織已經從失憶症中恢復了，也不再會有我們害怕的併發症，告訴她阿透的事情後，也能隨著時間解決。只會讓她感到些許難過與痛楚，肯定會沒事的。

「咦？啊，那個啊，高中暑假時妳會到圖書館去，那時遇到很多次的人啦。」

我卻還是如此回答，因為我不知道怎樣對真織來說才是好的。

把阿透全部忘掉。就算將來哪天再次不可思議地看這本速寫本，那時真織也已經有喜歡的人，連速寫本的事情也會忘記般的……

或許也會有這樣的幸福，或許根本不需要經歷這種痛苦。

但真織不接受我的說詞，她想要解決自己心中的疑問。

「嗯～～但為什麼有這麼多啊？」

「妳那時很熱中畫人物像，說不想老是畫我，也想要畫男生，所以就請他幫忙了。」

「但是日記上都沒有寫耶，而且我為什麼要藏起來？這在書櫃後面。我現在想起來了，那是以前的我藏重要東西的地方。」

藏重要東西的地方？聽她這麼一說，便條紙上的內容閃過我的腦海。

《失憶症治好之後，也要記得神谷透同學喔。重要的東西，好好收在重要的地方》

現在，疑惑在我心中解開了。那並非放棄的意思。

重要的東西，收在重要的地方。

也就是說，不管發生什麼事情，都不能忘記阿透。真織如此想著。

「我爸不是很過度保護嗎？我小學時他會偷偷進我房間，看我的交換日記之類的。我很討厭這樣，所以開始把重要的東西藏在書櫃後面。升上國中之後他也沒再那樣做了啦，所以我也忘了。但這本速寫本就在書櫃後面，我覺得應該不是偶然。」

真織的表情不是純粹感到疑問，而是有哪裡感到不滿的失望表情。

露出這種表情後，真織相當認真地問我——

「小泉，妳該不會瞞著我什麼吧？」

我絕非不曾想像過會有這天到來。

我可以笑著敷衍，要不然也可以編故事騙真織。

沒錯，有太多方法可以矇騙她了。現在還能辦到，但是……

當我發現時，我的視線已經模糊。我看見的景色中，也有真織驚訝的表情。

不可以，我不可以哭。為什麼要哭，為什麼要哭啊。明明是個怪咖啊，明明是個知道在想什麼的人啊。明明，是個冷淡的人啊。

快點，笑一下，然後編個假故事騙真織，這樣就能結束了。

「真織，那個人啊……」

但是，我根本不可能說謊啊。

「是妳的，男朋友。」

因為他們兩個人真心喜歡彼此，所以我根本不可能說謊。

我聽見真織充滿困惑的聲音，我拚命地想繼續說下去。

另一方面，阿透的臉不停出現在我腦海。

要笑不笑的，有點傷腦筋的，把那句話託付給我，最後的認真表情……

「但是，但是啊……」

我連擦拭從眼中不停滾落的東西也辦不到，哭著說——

「那個人，已經……不在這世上了。他已經過世了。」

不知情的她的，不認識的他

1

從小泉口中聽見速寫本上的男生的事情時，我陷入混亂。
這段時間內，小泉繼續告訴我，我和那個男生的關係。
因為一個偶然的緣分，我們成為偽裝情侶。
我和他每天都會見面，我也每天都會從他身上獲得很多活力。
畫畫的習慣，也是他建議的。

我的男友，某天因為心臟病過世了。

而他的遺言，就是把他從我的日記中全部刪除。
我無比錯愕。
我不氣小泉也不氣男友的姐姐，因為那是考慮日漸衰弱的我才這麼做的。而且，
如果這是他最後留下的遺言，如果我身處相同立場，我應該也會這樣做。
我只是對就這樣遺忘一切的自己感到錯愕。
輕易忘記重要之人的自己，讓我一句話也說不出口。

小泉不停向我道歉，我則對她所有的道歉回應「妳不用在意」。
但我的思緒一度全部空白，無法好好思考。
小泉看見我這樣很擔心，她說有東西要拿給我之後就暫時離席了。
我點點頭，眼睛很自然地望向速寫本。
我完全不知道速寫本上畫的是我男友，看見畫時也不曾如此想過。
但是……或許我的身體，我的心還記得這件事。
我的心跳，或許正是如此拚命地對我喊話。
拿起速寫本，翻過頁面。
那裡有各種臉、表情，但我想不起來。那明明是不可以忘記的重要人物啊。
不甘心與悲傷讓我眼眶一熱。
眼前有許多的他，但是，我想不起來。
時間拋下茫然若失的我，在那之後又不停流逝。
當我發現時，小泉已經回來了。
我臉上用力擠出笑容來。小泉看到這樣的我，沉痛地把好幾本筆記本以及記事本、收納圖畫的大資料夾拿給我。
「這個……是妳寫的真的日記和記事本，還有神谷的畫。日記上，寫了所有妳和神谷度過的日子。對不起，其實，應該在妳失憶症恢復那時，我就該對妳說了。一直隱瞞到今天，奪走妳重要的回憶，真的很對不起。」
我邊要小泉別道歉，邊從她手中接過這些。
原本想要當場看，但覺得我會哭出來，所以就放棄了。
小泉非常過意不去地低著頭。
我也沒辦法好好說出話，但是，不可以讓自己這樣。
「欸，小泉，一起吃吧，吃很多甜點。」
我如此提議，小泉終於抬起頭來了。
「咦……？」
「妳完全不需要道歉，也不需要覺得對不起我。我對妳的感謝，不管怎麼謝都謝不完。謝謝妳，謝謝妳尊重對我最重要的人的遺志，然後，給妳添了非常多麻煩，真的很對不起，也真的很謝謝妳。」
在咖啡廳裡坐太久，也帶著向咖啡廳賠罪的意涵，我點了非常多甜點。
使用季節水果打成的冰沙，必點的草莓蛋糕，擠上鮮奶油的栗子戚風蛋糕，和小泉喜歡的巧克力蛋糕等等。
甜點，帶給我們笑容。
小泉原本緊繃的表情，也在邊說笑邊吃甜點時慢慢舒展。我為了惹她笑，說了非常玩笑話。

「話說回來，我得失憶症那時候，新產品每天都是新產品呢。」

我說完後一笑，或許是勉強自己吧，但小泉也笑了。

「妳很常開這個玩笑。」

「我知道。」

我們相視而笑，一如往常的我們一樣。

我回到家之後，下定決心翻開日記。

我當時的字，寫下和神谷透同學的相識，以及到他過世為止的日子。讀日記就能從中感受，神谷透同學這個人，總是待在我身邊，很珍惜我，努力想讓我過得開心。

小習慣、興趣、很重視衛生感這點。當他傷腦筋時，就會要笑不笑地微笑。

雖然沒辦法一次全部讀完，但我透過文章，感受他的氣息。

記事本上有神谷透同學專屬的頁面，上面也寫了各種事情。

我沒有開燈讀著這些，不知不覺中已到傍晚。

母親到我房門前叫我吃晚餐，當我說我不太舒服要晚點再吃後，母親躊躇沉默了一會兒，開口問——

「妳知道他……知道神谷透同學的事情了吧？」

我嚇了一跳，母親才說小泉聯絡她了。母親在房門那頭對我說千萬別責怪小泉，小泉和神谷的姐姐也很痛苦，但她們是為了我著想才這樣做的。

我打開門和母親面對面。

「媽媽……媽媽知道神谷透同學嗎？」

我一問，母親低下頭後搖搖頭。

「其實很想和他見個面，打個招呼，但最後還是沒機會。但是啊，我和爸爸……現在也非常感謝他。他的忌日，我們都會偷偷瞞著妳去掃墓。相信妳的未來，守護妳的心的人，無庸置疑……就是他。」

母親哭了。和那天一樣地哭泣。

之後母親努力讓自己冷靜下來，拭淚微笑，溫柔留下一句「妳肚子餓了隨時跟我說喔」後下樓。

我關上門後，在床邊坐下抱起抱枕。

夕陽逐漸下山，不管我試著想要思考什麼，但絲毫沒有頭緒，只有時間隨著秒針逝去。

月光照射進我沒有點亮人工光芒的房間。

我在寂靜中，試圖想要想起什麼，強烈地希望自己能想起什麼。

當我發現手機亮燈時，已經超過晚上八點了。

是小泉傳來的訊息。

她說我以前使用的手機現在由她保管，她已經充飽電了，隨時都可以交給我。

只要看見影片和照片中的神谷透同學，或許我可以多少想起他吧？

這個想法讓我想要伸出手，但最後我沒這樣做。

《謝謝妳，或許在看了那些影片和照片後，我可以想起神谷同學。但我覺得那不太對，感覺這樣一做，我心中的他就會被影片和照片中的他取代……我很害怕。感覺變成這樣之後，我就只能想起影片和照片中的他。我可能說了很自私也很困擾妳的話，對不起。》

《我才要說對不起，感覺我懂妳的心情。但是如果不介意，要不要聽聽看阿透的聲音？》

百般猶豫後，我接受了小泉的提議。

過一陣子後，小泉傳了一個從影片中抽出聲音的檔案給我。

點下播放，聽到什麼東西軋答軋答搖晃的聲音，聽見我的歡呼，聽到風聲。我慢慢理解這是哪時的場面。

是我拜託他，兩人騎自行車雙載那時的聲音。

我聽見自己興奮大叫的聲音。

原來我如此天真無邪且歡樂地笑著啊，而我忘了這些。

『日野，妳身體別太往外靠，會跌下去。』

在這些聲音中，有另一個人的聲音。是神谷同學。神谷，透同學。曾是我男友的人。

超乎高中生的沉穩聲音，我開心地回應聲音的主人——

『不用擔心啦，透同學還真是愛操心。』

『是妳太大膽了啦。』

『啊～～什麼～～風聲太大我聽不見～～』

『沒有什麼。』

『透同學，今天也很謝謝你喔。』

『啊？什麼？妳說什麼？』

『沒有，什麼也沒說～～』

聲音在這邊中斷。我的身體彷彿與過去產生共鳴，打從深處不停發顫。

在風靜止不動的夜晚，我不斷、不斷重播這個檔案。

2

隔天起，我趁著上補習班的空檔，到處去問許多人我和神谷透同學的事。

和過去真正的同班同學取得聯絡，告訴他們我曾經得失憶症的事情，以及現在已經恢復的事情，大家都嚇了一大跳。

關於我和神谷透同學的事，大家異口同聲這樣說——

「你們兩個真的總是相當開心地聊天，聽到你們在交往，一開始真的嚇一跳，但只要看習慣了，就會開始覺得你們或許是天造地設的一對。妳總是叫他透同學或是男友先生，但神谷從頭到尾都叫妳日野，這讓大家覺得很有趣。」

大概從哪邊得知我到處問大家這件事吧，高二和神谷透同學同班的男生也和我約出來見面。

「其實妳和他會開始交往，是因為我找他麻煩。」

他是個很適合白色襯衫，看上去很認真的人。他看起來不像是會找別人麻煩的人，但仔細想想，每個人都這樣吧。

看見我嚇一跳，他有點難以啟齒，但也毫無保留地將他們兩人之間發生的事告訴我。神谷透同學為了袒護班上同學，以及眼前的他突發奇想的騷擾要求。

眼前的他，聽說國中時會讀書又會運動，對自己很有自信。

但在升上高中後成績停滯不前，他很沮喪也很消極。

經過神谷透同學那件事情後，他被孤立，這又給他重新思考自己的契機，再次開始專注在學業上。

升上三年級時，他和小泉同班。

「我……原本找麻煩的對象是個叫下川的傢伙，他之後轉學到國外去。現在他人還在國外，但還是學生卻已經開了一家新創公司，很努力喔。我聽到神谷的死訊後，鼓起勇氣聯絡他，他趕回日本參加喪禮，比任何人哭得還更大聲。我想，下川肯定也知道妳。」

我用他告訴我的下川同學的本名上網搜尋，立刻找到是誰了。

那是位可以看出家教很好的知性男子，有張端正精瘦的臉蛋。

最後，小泉介紹某個人給我認識。

神谷透同學的姐姐。

要和只在日記上認識的人見面有點緊張，因為對方記得我，我卻已經忘記對方了。

但透過日記，我知道對方是怎樣的人。

我前往與都心轉乘車站直接連結的飯店的咖啡廳，告訴店家預約的名字，服務生就帶我到店裡隱密的座位。

姐姐早就抵達，已經坐在位置上。發現我之後，身為小說家的姐姐站起身。

「妳好。」

她先向我打招呼，我很惶恐地慌慌張張低頭。

「妳，妳好，不好意思，今天還特地讓妳抽空出來。而且理當是我該去拜訪妳，還讓妳特地過來。」

「別在意，我剛好有事要過來這邊，妳別這麼在意。」

說完後，姐姐看著我。

她是一位臉蛋相當漂亮的成熟女性，可以感覺到她嫻靜且高雅的溫柔。
姐姐嘴角突然露出笑容。
「妳的失憶症已經好了對吧？」
「啊，是的，託妳的福，然後，我……」
姐姐要又快低下頭的我坐下。
我們倆坐下後，打開菜單，向服務生點了飲料。
點完飲料後，姐姐盯著我看，沉默著似乎在思考些什麼。
「其實，我以前也曾經說過，多虧有妳，阿透肯定很幸福。」
我忘了眨眼，思考著這句話的意義。很幸福。
真的是……這麼一回事嗎？他到生命盡頭的前一天，都和我在一起。
但是，我失去了那全部的記憶。
我每天，不停失去。和他的時間與過去，沒有與現在的我共享。
唯一留下來的，只有日記和記事本。
「我不記得透同學。」
「是的，即使如此，阿透很幸福的事情也沒有任何改變。」
我和姐姐對上眼。
感覺她的眼中，一瞬間浮現類似落寞的色彩。

「我認為，阿透的人生因為和妳的記憶而染上色彩。雖然阿透已經不在了。但是啊，他喜歡的人是妳，想要好好珍惜，想要好好重視的，全部都是妳。」

這句話讓我胸口一緊，我忍不住抿緊嘴唇。

眼角看見姐姐低下頭。

「對不起……突然說這些。雖然這樣說，但我沒有打算希望妳記住阿透。甚至是相反，我希望妳可以忘記阿透，過全新的生活。我想，阿透想要守護的，肯定是妳的未來，妳的可能性。希望妳可以好好把阿透當成過去，發揮妳的溫柔，讓另外一個人幸福。妳能做到這件事，可以去得到自己的幸福。我希望妳能這樣繼續活下去，阿透肯定也是這樣希望的。」

姐姐開口說的，是我的未來。

我無法不去思考，在我得失憶症的那時，也這樣相信著我的未來的人。

小泉、母親、父親，神谷透同學的姐姐肯定也是，還有……

「這樣真的可以嗎？我真的可以忘記嗎？」

腦海浮現速寫本上少年的臉，我彷彿想吐露心情般地問。

姐姐用她清澈的眼睛看我，大概是想讓我放心，露出了微笑。

「沒有關係，就這樣忘記，人就是這樣活下去的。」

「姐姐妳又是如何呢？」

我一問，姐姐的眼睛凝視著遠方。

此時，我們點的飲料送上桌，姐姐看著紅茶杯中的琥珀色液體，喝了一口。

我也學姐姐喝了一口自己點的咖啡。

「我想，遲早有一天，阿透在我心中會成為過去。假設我還能繼續寫小說，大概只會在專訪時不經意提到他一下吧。總有一天，那會成為過去的一部分。不管怎樣的傷，只要曾經受傷，就不會完全消失，傷痕也是種記憶。但是，不會永遠疼痛。我想，人類就是這樣活下去的。在懷念的風突然吹拂時，在原稿中打上『透』這個文字時，就算會想起他也不會再痛。」

傷痕……不會消失，但不會永遠疼痛。

人類就是這樣，在自己的心中緩解悲傷嗎？

會這樣漸漸變得不再悲傷嗎？

或許是如此。如果一直被困住，就沒辦法往前進。

我卻對總有一天不再悲傷這件事感到無比悲傷。

「回憶，是很重要的東西對吧？」

我包含著這樣的想法如此說，姐姐則窺探般地看我。

「我失去了那個很重要的東西。我……如果大家會漸漸忘記他，那我想要漸漸想起他，我想要把重要的東西找回來。我是這樣想的。」

姐姐有點難過地皺眉。

「那，或許會很痛苦。」

「就算是為了我自己，我也想要想起來。因為所有重要的東西，應該全都在我心中才對。」

「妳可以答應我，妳不會被這件事困住，也不會疏忽自己的人生嗎？」

「好。」

「將來有一天，妳……」

姐姐說到這邊一度閉上嘴。

「讓我用稍微大膽的用詞喔。將來有一天，有個愛妳的人出現時，妳要好好去愛對方喔，把阿透當作過去。」

我還不懂愛的意義。

但當聽到姐姐這樣說時，我無法不回想日記上和他度過的每一天。

這到底該稱為什麼呢？青春？戀愛？他根本不求回報，只是不停給予。每天不求任何東西，他……

「好，我會好好去愛，但前提是要有那個人出現啦。」

我打哈哈笑著說，姐姐也淡淡微笑。

那時，我們就這樣，那天第一次相視而笑。

在那之後，我問了姐姐很多關於透同學的事情。他是怎樣的小孩，是怎樣長大的，姐姐邊想著該怎麼說，邊回答我每一個問題。

聊到一半，我提到「我現在終於可以讀完姐姐的書後還一直記得了」，眼前的美人露出微笑。

我問她現在在寫怎樣的作品，她猶豫著該怎麼說之後告訴我——

「雖然有點嚴肅，但不是無可救藥的故事。是一對男女的故事，如果他們沒有相識，兩人應該都能好好享受自己的人生吧，但他們相識後，他們的人生變得更加快樂、更加豐富，像這樣的故事。」

隔天開始，我照著和姐姐的約定，先好好過自己的生活。

邊嘗試各種方法試圖想起他，但也沒有疏忽自己的課業。

我的現在，是成立在他為我創造的未來之上。秋去、冬至。我拚命念書好不容易考完大考。

雖然是第二志願，晚了兩年，但我在春天順利進入縣內的大學就讀。

他，神谷透同學聽到這件事會有什麼反應呢？會替我開心嗎？

晴朗的春日午後，為了慶祝考上大學，我和小泉一起去我們常去的櫻花大道知名的公園賞花。

提早開花的櫻花隨風搖曳，是個風吹來會讓人感到有點冷的季節。

享用小泉親手做的便當後，在公園裡散步。小泉從保溫瓶中，倒紅茶到紙杯裡遞給我。

充滿水果香氣的典雅茶香竄過我的鼻腔。

「感覺這個氣味好讓人懷念。」

我邊看櫻花隨口說出這句話，小泉因此停下動作。

「真織……妳以前也這樣說過。」

「是嗎？以前是哪時？」

從小泉猶豫不決的樣子來看，我知道是我得失憶症那時的事情。

她詳細說明，是我們高二時，原本三人要一起去水族館時的事。

「那傢伙突然要和他姐姐見面，結果那天變成我們兩個人去水族館。拿著那傢伙放在野餐籃裡他自己做的便當，那是有很多配料的漂亮散壽司，那傢伙說和散壽司很搭，也泡了紅茶來。我們一起喝紅茶，那時真織說了，總覺得這個香氣很令人懷念。其實在那之前，我們曾經到他家喝他泡的紅茶。」

小泉接著開始說起有點專門的話題。

人的嗅覺，和處理記憶與感情的「海馬迴」相連結。

因此，據說可以藉由氣味喚醒記憶。

我聽完後低下頭，琥珀色的液體無聲地靜止著。

接著在此時，一片櫻花想要飛落茶面上，但飛偏了。

就這樣，我差一點點，差一點點就能碰觸到他的記憶，卻無疾而終。

在這之前也曾有過就快要想起什麼的瞬間，但那就從我手上直接滑落。邊想著這種事情，我回了小泉一句「這樣啊」，喝了一口紅茶。

『我也會讓明天的日野過得很開心。』

在沒有任何理解與認知下，某人說出的話，從我記憶之池的底部湧上。

突如其來的事情嚇到我，這個聲音太清晰了。

是我的大腦擅自用以前聽過的聲音，念出日記中的文章嗎？

『我不會祈求幸福，我覺得這樣就好了。』

不，不對，這句話沒有寫在日記裡。

某人淡淡的微笑浮上腦海，蒙上一層白霧看不清楚，但是……

『在我認識日野前，我相信只有這個是自己的人生。』

我見過這個人。白皙、纖瘦、很溫柔的人。

『每次喊妳的名字，都會讓我感到很開心。』

我的，重要的人。總是讓我展露笑容的人。
『我可以喜歡妳嗎？』
記憶中的聲音停止，忘我的我不知為何眼眶一熱，視線開始模糊。
風沙沙吹拂，才剛開始綻放的櫻花隨風崩落。
「可以喊妳嗎？」
這聲音讓我轉過頭，小泉擔心地看著我。
我抿緊雙唇，因為如果不這樣做，蓄滿眼眶的東西就會滿溢流出。
「嗯，謝謝妳。剛剛……剛剛啊，我好像快要想起什麼了。」
「這樣啊。」
「我聽到一個人的聲音，那個人在笑，那個人說，他也會讓明天的我過得很開心。
感覺似乎這樣說了。」
就算不用確認，小泉似乎也立刻明白那個人是誰了。
她痛苦地低下頭，我相反地對她微笑，但我的聲音在發抖——
「我什麼也不記得，但是啊，我會活著，然後總有一天要全部想起來。」
「嗯。」
「因為重要的東西，全部都在我心中。我要把那些重要的事情全部、全部想起來，
時，我，我會……」

不知不覺，我單手摀住自己的臉。

不管如何悲傷，人總有一天會遺忘，傷痕不會永遠疼痛。

邊想起姐姐曾經說過的話，我想著，在我還會疼痛時，我會盡情哭泣。這樣就好了，當愛哭鬼也無所謂。

全部都是自己的東西。不管是悲傷、痛楚、喜悅還是回憶，全部、全部都是。

如此一想，我又哭了。

用心畫出你

從車站前到公園的路上，四處開滿櫻花。

早上強烈的刺眼日曬，到了下午也逐漸趨緩。

明媚日光淡淡照射在人和綠意上，櫻花的季節又到來了。

好久沒這樣不用被時間追趕，我邊看著城鎮風景，悠閒漫步。

過去，我還是高中生時。

被大考追著跑的高三一轉眼就結束，當時我還想，人生中大概不會再有時間一眨眼就消失的經驗了吧。

但出社會後的第一年，比當時過得更加快速。

在忙碌的生活中，感覺高中已經是久遠以前的事情了。

而且偶爾會想，這該不會是一場夢吧？全都是一場夢。真正的自己還是高中生，只是讀書讀累了小睡一下。等我醒來，真織和阿透會在我身邊微笑，兩人幸福的模樣，讓我感到無盡的心安。

但很遺憾，實際上並非如此，我已經二十四歲了。

『我什麼也不記得，但是啊，我會活著，然後總有一天要全部想起來。』

從真織對我表明決心的那天起到今年，已經過了三年了。

升上大四的真織，現在仍努力想要想起阿透。

真織靠著日記和我說的話走訪和阿透去過的地方，做和阿透一起做過的事，拚命試著要回想起來。

但是，不如那杯紅茶般順利。

事情無法如此單純推進，但真織沒有放棄，持續好好面對自己。她邊上大學，也持續面對自己遺忘的過去。

雖然進度緩慢，但她一點一點想起阿透的事。

我的工作越來越忙，出社會之後和真織見面的時間也變少了。

即使如此，我們至少三個月會見一次面。

實際上，今天這個晴朗的週日午後，我也和真織約好要見面。

會合的地點就是我們去過好幾次，櫻花大道知名的公園。

午後的公園已經有熱鬧的人潮。

在真織確定升大學時我們兩人一起，升上高三前的春假和阿透、真織三個人一起來過。

「啊，小泉！這邊這邊。」

當我邊尋找真織邊在公園內前進時，我聽見呼喊我的爽朗聲音。

看見真織了。她在可以賞櫻的好地點，鋪上大張的野餐布坐在上面。

真織說她一直想做一次看看，自告奮勇要去占賞花的位置。她還說只要素描櫻花，時間一眨眼就過去了。

在想要回想起阿透的同時，真織也好好地享受自己的人生。在這樣的真織附近，聚集著應該是她大學同學的人。

「真織，妳還是一樣有精神。」

「沒有精神的我有點噁心，對吧？」

聽到她的玩笑話，我想起告訴她阿透死訊時的她。

那件事情也在不知何時已成為過去。

真織簡單向其他人介紹我之後，大家一起取用攤在野餐布上的各種便當。

在大家拿來的便當中，有據說是真織親手做的散壽司。

原本完全不會做菜的真織，手藝也進步許多了呢。那和過去她試圖想要想起阿透，和我一起動手做的時候不同。是她不停累積，確實進步了。

真織的朋友，似乎對年紀稍長已經出社會的我有點客氣、有點緊張，但在我主動微笑搭話後，立刻打成一片。

我也一點一滴改變，每天在看不清各種事情中，也持續行動。

那肯定就是活著吧。

突然轉過視線，真織也和在她身旁的朋友開心聊天。

阿透想要創造的東西，或許就是真織現在這樣的日常吧。

理所當然做理所當然的事情，開心享受，偶爾感到痛苦，在一切平穩的日常生活中，晚上入眠後就會迎接明天。

阿透所相信的事，就是現在這般，真織的未來吧。

「也曾發生過這種事呢」幾十年後，我們能把痛苦的時期當成過去，笑著談論的這般不停轉動的事情。

之後，我們決定兩人稍微聊一下，我便和真織一起走在櫻花大道上順便賞櫻花。真織說她想要畫櫻花，手上拿著速寫本。

在我們一如往常互相說著無關緊要的玩笑話時，我好奇問她——

「話說回來，如何？那之後……」

真織停下腳步，但她沒有問「什麼」。

過了一會兒，她只「嗯」了一聲，把速寫本遞給我。

我不可思議地接下速寫本，為了不阻礙其他人通行，移動到樹下去。打開速寫本，出現了景色、人物、動物等各種畫。

這是真織每天持續畫下的東西吧。

「妳還是畫得這麼棒，但這怎麼了嗎？」

「啊，不是啦，雖然有點害羞，但我想給妳看的在更後面。」

到了此時，我們兩個之間根本不需要害羞吧？

我笑著仰望頭頂，花瓣無聲地翩翩飛落。

「但話說回來，櫻花真美呢。」

我說完後，真織也跟著我仰望櫻花。

「真的看起來和雪一樣耶，是『不知天空的雪花』對吧？我在日記上讀過，我也和他到這邊賞花過，對吧？那時他告訴我有人這麼說櫻花。」

我忍不住看向真織。

『聽說有個歌人，把櫻花形容成不知天空的雪花。』

不知天空的雪花。櫻花飄散的景色，從老天爺來看，或許覺得就像不是自己降下的雪花吧。阿透大概受到姐姐影響，有莫名高尚典雅的部分。

但是，真織還真是細讀日記呢。在她提起這件事前，我都沒有想起來。很悲傷地，歲月從我身上奪走了阿透的記憶。

我輕輕閉上眼，在眼瞼內側畫出阿透。阿透在黑暗中現身，但他的臉稍微有點模糊。只是短短六年，令人悲傷的是，阿透已經成為過去了。

「其他還有，雖然沒在日記中寫下詳細內容，但他似乎也說過五月病其他的意思……那似乎很有趣。」

真織在此閉上嘴。我睜開眼睛，視線轉向看著她。

真織現在仍頑固地不肯收下有阿透資料的手機，總說重要的東西就在她心中，她[illegible]自己想起來。

這副拚命的模樣，有時讓我感到悲傷。

就算想起來，阿透也不會再回來了。不管怎麼做。

我抿緊唇，又開始翻閱速寫本。

這段期間，真織持續思考著什麼。

「啊，對了……櫻花散落時很忙碌，但到了五月就會平靜下來，所以……」

和真織說這句話同時，我的手在某張畫前停下動作。

風吹來。櫻花隨之起舞，舞出強風。

彷彿第一次被電影感動那天，彷彿心弦被繪畫觸動停下腳步那時。

這種只會往前行、絕不回頭的新鮮心情，朝我直直吹拂。

速寫本中，畫著阿透。

那是我沒看過的阿透的畫，以前留在速寫本中的他，都是側著臉、害羞、要笑不笑地微笑的樣子，但眼前這張不同。

也就是說，這是真織想起來的阿透。

我冷靜下來再翻下一頁，那邊也有相同表情的阿透。

我忘了自己，不停翻閱速寫本，裡面有好多阿透。

那是透過畫，傳達出這個人確實存在過，精緻且完成度極高的素描。甚至讓我聽見他令人懷念的聲音……

我的視線拉回真織身上，她凝視著一點。前方是櫻花大道。

我想要喊她，但在前一秒忍住了。現在的真織和那時的真織很像，看起來像想要回想起什麼。

「小泉對不起，可以把速寫本還我一下嗎？」

「咦？嗯，好。」

我一遞給她，她拿出鉛筆當場在速寫本上畫著什麼。

櫻花樹，花朵盛開，樹下。

好快。其實這是我第一次看見真織畫畫的樣子，原來她能如此迅速捕捉輪廓啊。

這樣啊……說得也是，因為真織每天都重複著這些動作啊。

和阿透在一起時，阿透離開之後，每一天。

一轉眼，就完成草圖這類的東西。

樹下有個人。隨著真織不停加筆，人物的身影也越來越鮮明。

那天，三個人一起賞花時的阿透就在那。

眼中彷彿帶著慈愛，阿透用與那天完全相同的溫柔眼神，看著這邊。

那是無法留在任何影片與照片上，只有近在身邊的人才能畫出的阿透。

我的視線逐漸模糊，邊想著真是沒轍了啊，拿出手帕擦拭眼角。

衛生感。無法偽裝。

阿透，你知道嗎？我從認識你那時開始，變得會好好燙自己的手帕了喔。

突然，和阿透共度的時光如快轉影片般閃過我的腦海。

這些全部，都是將來會逐漸失去的東西。漸漸缺損，漸漸消失的東西。

但是……就算所有東西隨著歲月移轉，就算因為繼續活著，而讓過去、讓美麗事物逐漸褪色，也確實存在不變的東西。

用心描繪出的世界，永遠不會褪色。

「我又回想起透同學的事情了，但我肯定還沒有全部想起來。」

真織邊動筆邊說，深深一口氣，從她口中吐出。

「我喜歡的他，已經……不在了，但那份記憶確實留在我心中。在我身體裡，在我心中沉眠。只要我想起來，我就能和他一起活下去。雖然沒辦法好好表達，但我認為那是類似希望的東西。即使這個世界會漸漸忘記他，忘記透同學。」

仔細一看，淚水從真織眼中滑落。真織拭淚後，又繼續動筆。

「我為什麼會哭呢？是還在痛嗎？但也有很溫暖的東西。我大概，現在還很喜歡他。但沒有問題，將來我會好好找一個心愛的人，會好好得到自己的幸福。但在這之前，再給我一點時間……」

我想要說些什麼，但或許現在根本不需要言語吧。

在這不停失去的世界中，阿透確實就在那。

阿透一直活在真織的心中。

而那傢伙在真織的記憶中，是這樣的表情啊。

真織筆下的阿透，每張都在笑。

如同他一臉溫柔持續守護真織的那天一般，現在也在那裡笑著。

後記

正如生命中包含死亡，人在獲得各種東西的同時也會失去。
當失去時，才會發現那東西擁有的真正價值。
健康也是如此。得了感冒吃大虧時，才會發現健康的重要。
人與人的關係也是如此。失去了之後才會知道，那是難得的關係。
有些東西可以挽回，也有些東西無法挽回。
人生僅此一回，當失去時才發現早就為時已晚。
我從某個時期起，開始認為現在理所當然擁有的東西，都是將來有天會失去的東西。
那絕不代表我變得悲觀，因為在我想像或許會失去時，產生了要更加珍惜的心情。
現在一起工作的人們，或許將來有天不再有交集，甚至不再見面。那麼我就想要珍惜現在的時間與彼此的關係，對他們友善。
現在一起玩的朋友，或許將來也會因為有了空間與時間距離而疏遠，那麼現在就要盡情享受，感謝彼此，一起歡笑。
就連家人和重要的人也並非永遠，那麼……
本作品中，登場人物們失去了理所當然在身邊的重要人事物。
雖然是個悲傷的故事，但並非悲劇。
在本書出版的過程中，受到非常多人的關照，受到大家莫大的幫忙，讓我怎麼感謝也感謝不完。

特別是從責任編輯身上學習到許多，今後還請多多指教。

也請讓我向所有讀者致上最深的感謝。

因為沒有辦法直接向每個人道謝，請讓我在此向大家鞠躬致謝。

真的非常感謝你購買本作品。

希望將來有機會再與大家相見。

一条岬

國家圖書館出版品預行編目資料

即使，這份戀情今晚就會從世界上消失 / 一条岬 著；林于楟 譯.--初版.--臺北市：平裝本. 2022.1
面；公分. --（平裝本叢書；第0532種）（@小說；062）
譯自：今夜、世界からこの恋が消えても

ISBN 978-626-95338-3-1（平裝）

861.57　　110021015

平裝本叢書第0532種
@小說062

即使，這份戀情今晚就會從世界上消失

今夜、世界からこの恋が消えても

作　　者—一条岬
譯　　者—林于楟
發 行 人—平　雲
出版發行—平裝本出版有限公司
台北市敦化北路120巷50號
電話◎02-27168888
郵撥帳號◎18999606號
皇冠出版社(香港)有限公司
香港銅鑼灣道180號百樂商業中心
19字樓1903室
電話◎2529-1778　傳真◎2527-0904
總 編 輯—許婷婷
責任編輯—張懿祥
美術設計—單　宇
著作完成日期—2020年
初版一刷日期—2022年01月
初版八刷日期—2023年09月
法律顧問—王惠光律師

讀者服務傳真專線◎02-27150507
電腦編號◎435062
ISBN◎978-626-95338-3-1
Printed in Taiwan
本書定價◎新台幣320元/港幣107元